Geronimo Stilton

奇鼠歷險記 ⑮

勇者的文字魔法

新雅文化事業有限公司
www.sunya.com.hk

目錄

對抗邪惡魔法

親愛的鼠迷朋友們，

我激動得心快要跳出胸膛！我要給你們講述一段不可思議的歷險，甚至可以説⋯⋯

一個美妙至極的奇幻故事！

這故事將如暖陽般驅散煩躁、悲傷和陰鬱，如魔法般撫平我們所有的憂愁和負面情緒！

你們想知道這一切從何開始的嗎？

很簡單⋯⋯從一場**魔法對決**開始！

接下來，且聽我向你們娓娓道來⋯⋯

在謎一般的黑夜裏，整個世界萬籟俱寂，空氣中突然劈啪作響、火花四濺，一場決鬥正在進行。

兩個身影從天空掠過……

兩個對手正打得難捨難分……

兩股力量各出奇招，激烈爭奪着世界上最為珍貴的天賦：

想像力！

天空一邊站着一位美麗少女。她膚色宛如紙般白皙，一頭如墨水般深藍烏黑的長髮在空中飄盪！

她的臉龐閃閃發光，不過最奇異的當屬她身上的瑰麗服裝：那裙子是由一層又一層**脆脆的紙張**製成的，上面印滿了閃亮的文字。當她的裙子在空中飛揚時，仿如一隻隱形的手拂過書面，窸窣作響。

她手中緊握一枝**金羽毛筆**，指向對手。

另一邊站着的正是她的對手。

只見他頭戴高帽，披着烏黑斗篷，身穿鉛灰色的袍子。

他的大名叫做**摧心巫**。

那個魔法師手中揮舞的魔杖十分古怪：是一根鉛尺規，上面刻滿了不同數值和**神秘的魔法符號**。

那位少女毫不退縮地高喊：「摧心巫！你可知道：一旦缺少了想像力，世界將無法運轉！我要用生命捍衛它！」

她的對手疾步向前，把手中的尺規朝她瞄準，頃刻間那尺規發出一陣**鉛射線**強光。

少女趕忙閃躲，可是她的腳踝被尺規擦傷了。

魔法師低聲喝道：「這樣的回答你可滿意？」

隨後，他毫不遲疑地展開致命的攻擊。

少女急忙轉身：她被邪惡魔法擊中的腳踝頃刻間變成了鉛灰色，使得她行動更加**遲緩**。她必須儘快撤退！只見她口中輕聲唸出一道魔咒，原地轉起圈來。

在對手來不及反應前，她的身影化成一道金色旋風消失了。

夜空中只留下幾行字：紙一樣來，紙一樣去，窸窸窣窣無痕跡！

　　看來這位少女比起她的對手毫不遜色，也是一位使用魔法的行家呢！

　　若是你還不知曉她的名字，請記住她就是

創意女皇——
想像國的皇后。
創意和書籍的
守護女神！

　　此刻她在一冊冊魔法大部頭間穿行，內心思索着：「看來我無法倖免，遲早會化為鉛雕像……只有一位勇士可以救我：就是奇幻英雄！我必須立刻召喚他來幫忙，否則一切就太遲了！」

　　她隨即揮動羽毛筆，口中朗朗唸出魔咒：「紙一樣來，紙一樣去，英雄將夢見我七次，最後他會領悟我心意！」

英雄之夢

這天夜晚，我正沿着老鼠島妙鼠城的街道徘徊，內心十分困惑。眼前一切都籠罩在如墨水般濃黑的**古怪陰影**裏，彷彿中了邪一般……太古怪了！我怎麼會突然迷路呢？我一向對妙鼠城瞭如指掌！難道我是在**夢遊**嗎？

事實上，這幾天我感覺自己在不斷重複做着一個夢境，每次都夢見同樣的場景……我走啊，走啊，不知自己前往何處……每次都重複着同樣的**故事**。

　　我感覺有誰在呼喚我：有誰一遍遍重複我的名字，而那聲音就像一道遙遠的**回聲**。

　　「謝利連摩……謝利連摩……謝利連摩……」

　　我豎起耳朵，仔細聆聽，那聲音又在召喚：

　　「史提頓……史提頓……史提頓頓頓！」

　　我發現自己置身於**千篇故事廣場**，一座外形古老的大樓出現在我面前。

我很熟悉這座大樓，我至少經過它幾千次了，只不過……記憶中這座樓破破爛爛，今天卻突然變得光輝燦爛，華麗無比！大樓的門前豎着一個金色樂譜架，大門上甚至掛着一個造型古怪的🎵。

　　我突然意識到：那呼喚我的神秘聲音正是從這棟大樓裏發出來的！我膽怯地悄悄靠近它，發現那扇大門虛掩着。「咕吱吱！」

　　我的聲音在暗夜籠罩的寂靜中發出古怪的迴響，嚇了我一大跳。

　　我本能地推開門，走進大樓。我猛然停住腳步：一陣 *金色旋風* 在我面前打轉！

　　金色旋風逐漸消散，隨即出現一位少女。那少女身穿潔白紙張製成的連衣裙，上面印滿了閃閃發光的文字。她手握一件羽毛筆形狀的**珍寶**。不過最打動我的是她甜美的微笑！

　　她轉身開口問候我，那聲音也十分**甜美**：「噢，

我的勇士，我終於找到了你！奇幻英雄，你就跟我**想像**中的一模一樣！」

　　我困惑地向後退，完全聽不懂她在說什麼。

真美啊！

那位少女安撫我説：「在我眼中你是一位天才。別害怕，只有你才能拯救我出來！拜託你莫辜負我的期待！」

我張口問：「嗯⋯⋯不辜負？你想讓我⋯⋯做什麼？」

　　她飛快地掏出一枝金羽毛
筆，揮動一下，我們頃刻間宛如變
戲法般置身於一座巨大的宮殿中，宮殿內高高
的天花板上裝飾着多彩的**壁畫**。壁畫
上的人物圖案正是她——這位非凡的少
女！我還來不及思索，只見她又揮舞一
下金羽毛筆，頓時宮殿四周牆上立起一座座
書架，上面放滿各式各樣的
書籍……成千上萬的大部
頭井然有序地在空中飛來飛去。

　　我目瞪口呆地說：「這……
簡直是一座圖書館！」

　　那位少女提示我：「請仔細觀察這裏，總有一
天你會回到此地。

**這裏是一片奇幻之地，
僅僅為你才會開啟！」**

　　我迷惘地環顧四周：「好吧，但是我們究竟在哪裏？」

　　她沒有回答我的問題，繼續說：「我的勇士，你是否準備好踏上旅途？我就是創意女皇，而我……迫切需要你來相助！如你能擔當**守護者**，人們將世代傳頌奇幻英雄。」

　　我聽得一頭霧水，問：「我？也許你認錯了老鼠吧。我的名字是史提頓，謝利連摩‧史提頓。我可不是所謂的奇幻英雄。」

　　創意女皇答道：「奇幻英雄就是你，此刻的你不知曉而已！也許我的話語過於神秘，讓你感到十分好奇。當你持**金鑰匙**進入圖書館，你就會明白這一切。」

　　我嘟囔道：「什麼……金鑰匙？」

　　那少女繼續向我解釋：「你定會找到那把金鑰匙，它就在你尋找之地隱藏。請務必帶上你的證件，相信我，它能派上用場！」

　　我更加糊塗了，問：「**證件？**什麼證件？」

創意女皇笑起來：「你需要仙族證件才能進入

夢幻圖書館！」

隨後，她張開雙臂，原地轉起圈來，頃刻間金色旋風席捲整個大廳。

那旋風颳得我眼花繚亂、頭暈目眩，我感覺四肢像融化的冰淇淋一樣綿軟……

就在此時，我聽到大廳裏傳來鐘聲。

那是一陣很密集的鐘聲！

鐺！鐺！鐺！
鐺！鐺！鐺！
鐺！鐺！鐺！
鐺！鐺！

我睜開雙眼……

現在正是半夜！

我並不在圖書館，而是躺在自己的牀上，在我自己的家中！咕吱吱！

我寬慰地鬆了口氣：「以一千塊莫澤雷勒乳酪的名義發誓，原來這一切都是一場夢！我居然連續七次做同樣的夢！」

隨後，我的視線落到牀頭櫃上，只見上面有個東西在閃閃發光：那是一張金色證件。

我尖叫起來：「看來這一切並不僅是夢！」

我掐掐自己的大腿，確保自己還清醒！

我開始閱讀證件上的文字：夢幻圖書館。

上面還印有我的照片、我的姓名……以及我的住址！咕吱吱，真是太古怪了！

現在我該怎麼辦呢？

妙鼠城的一夜

就在此時，我指尖上的證件開始微微顫動。

我慌張地大叫：「以一千塊莫澤雷勒乳酪的名義發誓……看來這一切絕不是夢！也就是說，剛才我所經歷的都是真的，那麼現在……

我的夢境變成了現實！

為何這一切偏偏發生在我身上？！」

此時此刻，我唯一確認的就是自己身在家中，此時正是午夜。

我打起精神，逐字回味創意女皇夢中和我交代的話。

唔，沒錯！她稱我為英雄……真想不到！

她甚至還稱呼我是奇……奇幻……**奇幻英雄**？！那是個什麼稱呼？

她還提到我是一位守護者⋯⋯那我該守護何人何物呢，難道這都由我來決定嗎？！

嗯⋯⋯也許我那時應該當面向她問清楚！現在一切都太遲了，**我真是個大傻瓜！**

儘管我內心困惑又驚慌，我依然決定應該要去一探究竟。

突然，我靈光一閃：也許我應該再讓自己熟睡！我感覺這是個**天才主意：**我重新進入睡夢後，創意女皇定會再次現身，我就能將心中的疑問一股腦向她問清楚⋯⋯這次我的問題絕對會比之前的更有用！」

於是，我重新鑽進被子，合上雙眼⋯⋯

可是，我的內心太**焦慮了**！

我給自己準備了一升，甚至三升的特濃洋甘菊花茶⋯⋯來放鬆自己的神經！

多麼愜意！

嗯……

可才過了五分鐘，哎喲……

我就拔腿朝洗手間飛奔！

我忍不住要尿尿！

我又開始嘗試靜坐**冥想**。

我盤腿而坐，雙目微睜，

試圖放鬆自己的頭腦……

多麼愜意、多麼寧靜、多麼

舒緩……

眼看我就要成功墮入夢鄉……

啪噠！

有誰在我臉上打了一下！

我發出驚恐的叫喊，睜開眼睛。原來在我鼻尖

前揮舞的是那張……

哎喲！

金色證件！

就是那證件……

剛才打了我？而且還

會飛？這……這怎麼

可能？

　　這事我一定要和創意女皇問個清楚……倘若那證件不再阻攔我的沉睡計劃！當我正打算抓住那證件，它冷不防又打了我一下。

　　我嚷嚷起來：

「你在做什麼，為什麼不能讓我安靜一會兒？」

　　它彷彿在回答我一般，徑直向門口飛去，隨後又飛回來，撐撐我的尾巴！

　　我驚訝地問：「你該不會是在告訴我，讓我在這午夜時分踏出家門吧？」

　　那神奇的紙片閃爍起來，在我和大門之間來回跳躍。

　　我歎了口氣，擔心地喃喃自語：「以一千塊莫澤雷勒乳酪的名義發誓，我真的要聽從這一張證件引我去圖書館麼？」

　　我總算下定決心，穿戴整齊，在出門前我來到廚房，打算往嘴裏塞幾口點心。

我嚷嚷說：「哦，求求你，別搗亂！」

它依然紋絲不動。我發出明確的指令，說：「聽好了，這個家的**主人**是我，可不是一張圖書館的小卡片，明白了嗎？不管你是否喜歡，現在我要去拿些小點心！」

那證件終於閃開了。哦，看來我剛才的話終於奏效了！

我正打算打開冰箱，那小卡片突然飛速圍繞我**盤旋**。

咕吱吱，這傢伙害得我也像陀螺一樣轉了起來！我頭昏腦脹，尖叫起來：「好啦，好啦，我不吃點心了，我求饒了還不行嗎？我這就出發！」

聽到我這番話，那證件逐漸放鬆下來……等我走出家門時，它乖乖地鑽進了我外套的口袋裏！

我甚至依稀聽到它發出了一聲欣慰的歎息！

我沿着**妙鼠城**的街道行進。整個城市和所有的居民彷彿都沉入夢鄉。

我將外套裹緊，望着天空喃喃自語：「沒有月

光的夜晚很黑啊……」

我鼓起勇氣,邁開大步向坐落在**古城區**的千篇故事廣場走去。

我一步步前進着,心中縈繞着奇怪的感覺:似乎今晚周圍格外寂靜。

我不時瞥見遠處空氣中閃耀着**金色火花**,一切宛如夢境般奇妙。這是真的麼?

難道是創意女皇在施法為我指路?或是說這一切僅僅是我的幻覺?

我聳聳肩膀,繼續前進。

就在這時,發生了一件不尋常的事……

「**小心貓和烏鴉!**」一把聲音在我身邊竊竊私語。

我四處張望,周圍卻空無一鼠……只看到一張巨型海報招牌畫上的小老鼠,在朝我擠眼睛!

有那麼一瞬間,我簡直以為那老鼠是有血有肉的真實存在!

隨後，我聽到身後傳來一陣**響聲**……

但我誰也沒看見，於是我繼續向前走，我仍感覺有誰似乎一直在盯着我。

難道……是有誰在暗中跟蹤我嗎？

我再次轉身望去，依稀瞥見路燈後閃出一個黑影。我定睛望去，就在這時候，那盞路燈……熄滅了！

就在此時，我身邊的交通燈上的紅燈……開始**閃爍**，似乎在暗示我有危險！就在這時，我瞥見黑暗中竄過又一道黑影！

我開始撒腿狂奔，一路跑到妙鼠城郊外的公園附近。

我恐懼地狂喊：

「咕吱吱，**救命啊！**」

我正打算奔上一條小道，突然……幾十隻狂奔的松鼠攔住我的道路！

「牠們在躲避什麼？」我一邊奪命狂奔，一邊擔心地思索着：我就這樣跑了很久，直到自己上氣不接下氣，才停下來。

就在此時，我聞到一股古怪的大蒜氣味。

我轉過身去……

一直跟隨我
的兩個陰影越來越
接近了，交通燈上的紅
燈再次閃爍起來！

真的非常可怕！

救命啊！

一枚閃亮的金色鑰匙

　　我正打算擰自己一把，讓我從夢中清醒過來，這時我終於看清楚了這些一直跟隨着我的兩個黑影。

　　其中一個是隻體形巨大的**貓**，他的臉肥肥胖胖，大肚子就像布丁般來回晃動。

　　他臉上晃着幾根鬆鬆的長鬍子，那模樣看上去十分滑稽⋯⋯

　　他走到我面前，**舔了舔鬍鬚**！

　　咕吱吱！好可怕！只見大肥貓身上斜背着一個袋子，裏面插着柄煎鍋、一根叉子和一本書，封面寫着：《加蒜及無蒜烹飪老鼠的一千種料理方法》。我終於明白：聞到的蒜味原來正來自他！

　　天知道他究竟吃了多少大蒜?! 不過⋯⋯他身邊那個**傢伙**究竟是誰？？？

黑夜中我無法看清他的面容，因為他整個身體隱藏在漆黑的斗篷裏。

我僅僅注意到，他的前進方式並不是走路，而是跳躍……

那隻大貓開口說：「喵喵喵！誰會想到奇幻英雄居然是隻小老鼠！」

喵喵喵！

呵呵呵！

他接着説:「不過金色證件在他手上:毫無疑問,他正是那位勇士……看我一口就把他吞下肚!」

我十分驚訝:怎麼他也知道我的稱號?!

他的同夥憤怒地跳到他身上,一個勁兒地啄他,我總算有機會目睹他的面容:原來是一隻**烏鴉**!

那隻鳥吼道:「水銀喵,你別天天只想着吃!你可以一口吞了那隻老鼠,但要先用他引出**創意女皇**!」

那隻貓用爪子不斷抓撓反擊:「住手,利嘴鴉!請問你又幹了什麼好事?你剛剛低空滑行,驚醒了公園裏所有的動物,只是為了引起獵物的注意!」

烏鴉反駁道:「你亂説些什麼?才不是我幹的!我一點兒也不清楚為何那幫松鼠如此**恐慌**!」

大貓水銀喵翻了個白眼:「哦,你總是有理!」

烏鴉搶白道:「摧心巫有令,我們必須跟緊那個攜帶金色證件的傻瓜,別讓他溜了!」

趁着他們爭吵不休,我悄悄地抽身逃走。

我跑得上氣不接下氣,無數古怪的想法湧入我

交通燈和街燈
真的是在警告我
危險到來麼？

那隻貓為何
穿着打扮成
一個火槍手？

那海報上的
小老鼠真的在
和我說話嗎？

這一切究竟怎麼
回事？為何會在我
居住的妙鼠城發生？

那兩個壞傢伙到底
想要拿我怎麼辦？

的腦海……

　　其中最令我恐慌的問題就是：為何那隻大貓的隨身袋裏插着一個長柄**煎鍋**，一根叉子和一本烹飪老鼠的料理書呢？」

　　其實這個問題的答案再簡單不過啦！咕吱吱！

　　以一千塊莫澤雷勒乳酪的名義發誓，我感覺自己身在夢中，甚至可以說……在**噩夢**中！

我沿着想像大道一路右轉，隨後左轉，踏上幻想步道……直到我停下腳步。我發現自己終於來到夢中所遊歷之地：

千篇故事廣場！

我面前的大樓，正是我在夢中與創意女皇相遇的地方……

這裏的金色樂譜架和日晷，也和夢中的一模一樣……只有一處與夢中不同：面前的大樓並未像夢中一樣華麗輝煌，而是如往日一樣陳舊、破爛、**搖搖欲墜**。自從我懂事起，這座樓就一直佇立在此地。

咕吱吱，我就知道，夢中的宮殿並不存在！現在我該怎麼辦？

我剛想踏上回家的路，突然感受到金色證件在微微**顫動**，似乎想要吸引我的注意。我看看口袋，只見裏面冒出一束光。

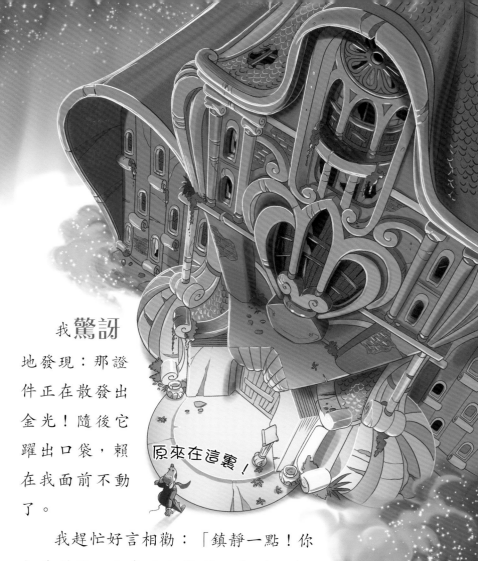

我**驚訝**地發現：那證件正在散發出金光！隨後它躍出口袋，賴在我面前不動了。

原來在這裏！

我趕忙好言相勸：「鎮靜一點！你也看到了吧？我已如你所願來到這裏。但是，如今那烏鴉和那**大貓**在背後盯着我們，天知道會發生什麼⋯⋯也許他們仍在四處搜查我⋯⋯」

我歎了口氣：「咕吱吱……我真的要和圖書館的小卡片對話嗎？我到底應該怎麼做？」

那證件仍在不斷震動，似乎在回應我。隨後，它飛到我身後，突然猛地推了我一下！

砰砰砰！我結結實實地撞到大樓的門前，一大團灰塵**沾**到我臉上。真倒霉！

我試圖勸說它：「喂，你難道沒看到大門緊鎖着嗎？」

作為對我的回應，那證件又猛推我一下！

砰砰砰！又一團灰塵落下來，落在我的外套上。

「哦，難道你還不明白，那大門緊閉、鎖得嚴實、甚至上了門閂！我不可能進去！」

隨後那證件……你們猜它怎麼了？正如你們所想！它第三次發力將我朝大門猛推過去。

砰砰砰砰砰砰！

這次**又一團灰塵**落在我的褲子上！

我正要抗議，突然大門上一個小小的鎖孔吸引了我的注意。

　　我仔細地看眼前的這道大門，這才意識到上面的厚厚的灰塵一直遮蓋了這道門的真面目！

原來整座門由純金打造，
和我夢中所見一模一樣呢！

　　我終於醒悟了……創意女皇曾提示過我需要找到進門的鑰匙！眼下我只需要尋找它！

　　我四下翻查，連任何一個角落都不放過，但一無所獲。

　　我腦海裏突然靈光一閃：「那鑰匙是否就藏在最顯眼的地方？比如，大門旁的花盆下面？」

　　我立刻拿起花盆……果然發現了一把鑰匙！一把光芒璀璨的金色鑰匙正靜靜地等待着我。

貓頭鷹王朝

這個狀況真是也太不可思議了呢！

出現在我面前的，是一幢已經廢棄的大樓，但它的大門金光閃閃……而就在剛才，我在一個花盆底下找到了它的鑰匙！

接下來呢？坦白說，我可不想越過那道門檻。但是，那圖書卡根本不給我一秒鐘的喘息！就在這時，突然颳了起一陣狂風，而且還是……大蒜味的！

「我以一千塊莫澤雷勒乳酪的名義發誓，那隻貓一定就在附近！」我一邊大喊，一邊我轉身望向**大門**。

「看來還是先躲進去比較好！但願這把鑰匙能用！」我屏住呼吸，將它插入鎖孔，小心翼翼轉動起來……咔嚓！

大門打開啦！呀吼！

我隨即「嗖」的一下跳了進去……不禁嚇得瞠目結舌！

出現在我面前的，居然是一座**夢幻宮殿**……

原來這裏就是夢幻圖書館！

從外面看，它是那樣破舊不堪，可誰能想到，裏面竟如此壯麗輝煌，就和夢境中一模一樣。

我望着四周，不禁**出神**。只見每一面牆壁都放滿了書架，上面整齊擺放着各式各樣的書籍，跟我夢境中看到的一模一樣。

這時，我突然聽見了一種奇怪的聲音……

刷刷刷……刷

我四下張望，但誰也沒看見呀。

牆很高很高，我向上望呀望，在最頂的地方，終於看見了創意女皇的畫像。這也是跟我夢境中一模一樣！

這時，我才發現有很多小巧的白色**貓頭鷹**，正拍動着翅膀，忙碌地飛翔……

只見他們個個正在揮舞着羽毛撣子，拂去圖書館裏所有書本上的灰塵！真的有很多很多！究竟有多少隻貓頭鷹呢？我開始數了起來。

圖中究竟有多少隻貓頭鷹呢？
快來和我一起數數吧！
然後，繼續往下讀，
你就會知道答案。

夢幻圖書館裏的小貓頭鷹

1，2，3，4……

不對不對，那隻是不是已經數過了？

哎呀呀，要不還是重新數吧！

1，2，3，4……

嘿嘿！終於數清楚啦：一共有……

三十三隻貓頭鷹！

突然，其中一隻貓頭鷹猶如離弦之箭一般，「嗖」地朝我衝了過來……咕吱吱，她要幹嘛呀？

原來，她是要幫我撢去身上的灰塵。「啊，謝謝！」我大聲說道。

只聽她回答：「應該的！」

接着，她便開始哼唱起來……

「快呀快呀，快點拂去灰塵！

忙個不停，我們喜歡充實！

輕輕一揮，灰塵立刻消失！

啊，這樣的日子多麼幸福！」

啊，謝謝！

你們想知道貓頭鷹的故事嗎？那就趕快翻到下一頁吧！

神秘貓頭鷹王朝

編者：索菲娜·智慧娜
想像顧問與奇幻助理

貓頭鷹一族神秘又勤勞。貓頭鷹王朝歷史悠久，源遠流長。據說，每三百三十三年就會誕生新一代的貓頭鷹。在遙遠的飛禽之地，矗站着高聳的貓頭鷹山峯。每到那時，山巔上的銀色鳥窩裏就會出現三十三枚金色的雞蛋，彷彿有魔法一般。在這片土地上，居住着許多飛鳥，他們都是創意女皇忠誠的追隨者。就在三十三年前，女皇和狡詐的摧心巫第一次交鋒。這名邪惡的巫師有三個陰險的助手：一條龍、一隻烏鴉和一隻貓。女皇意識到，她也應該尋找幫手。於是，她查閱書本，尋找關於想像力量的秘密：

「啊，《智慧之書》，快發揮你的魔力！
快告訴我要找的資訊。我要真實的資訊，
不要夢境！
我需要許多能幹的幫手……
真實的幫手，忠誠的幫手！」

這時，女皇用她的魔法羽毛筆輕輕拂過封面。就這樣，書本打開了，還自動翻了頁。刷刷刷，一頁又一頁……突然，它停了下來。

只見那魔法羽毛筆停留的頁面上，是一隻擺放着三十三顆金蛋的銀色鳥窩……

創意女皇立刻騎上了雲駿：那是一匹由潔白雲朵造成的神奇駿馬！就這樣，女皇朝着貓頭鷹山峯飛馳而去。在那裏，她找到了三十三顆金蛋，而照顧它們的是索菲娜·智慧娜。

女皇和智慧娜很快達成了默契！

她任命智慧娜為「想像顧問」，隨後又用自己的魔法筆逐一拂過每一顆金蛋。蛋殼「咔嚓」作響，很快就裂了開來。

每一隻小貓頭鷹探出腦袋的時候，索菲娜都會為她取一個名字。

每一隻在出生的時候，就已經掛着一個號碼牌，穿着一雙精緻的彩色小鞋，擁有一根金色的棒子。最神奇的是，在索菲娜高聲喊出名字的那一刻，名字就自動刻到了棒上。

當創意女皇騎上雲駿回去時，她身後已經跟着索菲娜·智慧娜和三十三隻小貓頭鷹了。

這些貓頭鷹一邊忙碌，一邊不停輕快地哼唱。我不禁看着她們出神。就在這時，我聽見了一陣奇怪的聲響……

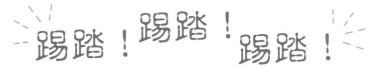

踢踏！踢踏！踢踏！

還有兩把聲音從遠處的角落傳來……

於是，我躡手躡腳湊了過去。

其實，我都還不確定，這個地方是否……

安全！

我看見兩個陌生的傢伙。

其中一隻是貓頭鷹，羽毛黑白相間……

咦？為什麼會和她的同伴們不一樣呢……而且，她體形也更大。

在她脖子上掛着的，並不是號碼牌，而是一塊閃閃發光的秒錶。架在她喙上的，則是一副金色的眼鏡，上面裝着厚厚的鏡片。至於腳爪上，則和她的同伴一樣，穿着一雙高跟鞋。此刻，她正焦慮地跺着腳。

　　原來，剛才的「*踢踏踢踏踢踏*」聲，就是她發出的呀！

　　她並沒有揮舞撢子，而是拿着一隻筆尖金光閃閃的筆，在羊皮紙上專注地寫着什麼。

　　在她身旁的，是一頭**雪貂**，長着一身棕色的毛皮，身穿一件背心，上面鑲着金色的鈕扣。他的口袋裏露出一根紅白相間的拐杖糖，一看就知道是個**饞嘴**的傢伙！

　　要不是他們滑稽的模樣，我大概早就拔腿溜走啦！他們的樣子有點太過奇怪了呢。

　　我發現他們正熱烈討論着什麼，於是便忍不住偷聽起來⋯⋯

創意女皇究竟是誰？

只聽雪貂問貓頭鷹：「好啦，快點嘛，快說說！今天你清理了幾本書的灰塵？」

貓頭鷹答道：「哎呀，我的助手們已經清理了她們應該清理的，不多不少，絕對沒錯！」

雪貂卻不依不饒，一副追根究底的樣子：「我知道我知道，但具體是多少本……是哪幾本書呢？」

貓頭鷹抬起一邊眉毛說：「我說雪貂老兄，就是我們今天應該負責清理的那幾本啦！絕對沒錯。」

雪貂依然不甘休說：「我知道我知道，但她們是怎麼清理的呢？！是不是馬馬鼠鼠……馬馬牛牛……馬馬什麼來着？！」

貓頭鷹已惱羞成怒，一邊用金色的鞋子踩起地板，一邊大喊：「是馬—馬—虎—虎啦！我從來不會馬馬虎虎！我向來一絲不苟！請問你有什麼

意見嗎？」

　　雪貂露出一臉壞笑：「哈哈哈！看把你激動的，索菲娜。你呀，平時總是一副博學的模樣，但你知不知道，大家背地裏都叫你『小無聊』，依我看，還真是沒錯呢……」

　　貓頭鷹不禁火冒三丈，說：「你們太過分了啦！我叫智慧娜！你們這樣是在侮辱我！我一定會稟告女皇陛下，讓她來處置你們！」

哈哈哈！

　　雪貂捧腹大笑：「你儘管去啊！創意女皇才沒這閒功夫聽你胡扯呢，我的小無聊小姐！你難道不知道，一位新的挑戰者──奇幻英雄馬上就要抵達，接受三場英雄考驗？」

索菲娜這才冷靜下來，瞥了一眼手錶上的指針：「咦，他遲到了！」

雪貂不以為然，揮了揮爪子：「依我看，他還是別出現的好。你難道忘了，上一個來的，最後是什麼結局？」

話音剛落，他就抬起頭，吸了吸鼻子。

「啊，我好像聞到了……老鼠的味道。咦，難道是新來的挑戰者？要是沒弄錯，這回應該是一隻老鼠，叫……謝利連摩·史提頓。」

貓頭鷹使出全身力氣，搬來一本厚書。只見她翻啊翻，然後大聲說道：「謝利連摩·史提頓，絕對沒錯！是一隻小老鼠，絕對沒錯！」

雪貂又吸了吸鼻子，直指我所在的角落，說：「我敢肯定，老鼠的臭味就是從那兒傳來的！」

我鼓起全部的勇氣，探出身體，走上前去：「兩位好！我叫謝利連摩·史提頓。」

雪貂騰地跳到我身邊，拍了拍我肩膀：「我就說我的嗅覺靠得住嘛！你能來到這裏，真勇敢！」

我不禁結巴起來：「那……那你們又是誰？」

聽到我這樣問，他們全都**驚呆了**。

貓頭鷹回答：「我是索菲娜・智慧娜！」

雪貂回答：「我是弗洛・弗貂洛！」

隨後，他們異口同聲地說道：「我們都是想像顧問，

奇幻助理！」

我又害羞地問道：「噢，好的，明白了……那……創意女皇究竟是誰呢？」

只見索菲娜瞪大了雙眼，弗洛則絕望地拍起了額頭。隨後，索菲娜歎了口氣：「依我看，你連最基本的常識都沒有。你難道沒看見天頂的那些**壁畫**？」

我不禁抬起頭看，好好欣賞那些壁畫，支支吾吾：「看過，可是……我真是不明白，一頭霧水！」

就這樣，貓頭鷹開始解釋起來……

51

創意女皇是書本和
意之神。每天她都
默唸「奇幻想像，
賜予力量」，然後
空氣中寫下各種奇
妙想！

隨後，在靈感之風的
幫助下，這些點子會
被吹散到最需要它們
的地方。如此，世上
奇幻與想像就永遠不
會枯竭！

創意女
皇有一件具
有魔力的寶物：那
是一枝由純金打造的
羽毛筆，幫助她在
空氣中寫下奇思妙
想。同時，它也是
一根魔法杖！

許多惡魔都企圖奪取創意女皇的力量⋯⋯如今，攫心巫——迄今為止最強大的敵人，已經使她受傷！他的一切都是灰色的。假如他最終獲勝，奇幻之光就可能熄滅，整個世界將陷入黑暗。

不過，在《智慧之書》中，有這樣一段記載：不用多久，就會出現一名奇幻英雄。他將經歷七場神奇的夢境，在金色的圖書卡上簽名，並找到鑰匙。這位英雄將會拯救創意女皇！

　　我嚇得目瞪口呆，但很快，索菲娜‧智慧娜就直奔主題。

　　她一邊打量我，一邊說：「但願你沒有別的傻問題要問。話說，你是已經在金色的圖書卡上簽了名嗎？」

　　我一下子沒反應過來，只是回答：「啊？什麼？噢，沒，還沒……」

　　於是，她把夾在耳朵上的筆拿了下來，遞給我：「那就請你在這裏簽名。」

　　我連忙照她的話做了。接着，她又莊嚴地宣布：「請快跟我們來，接受

三場英雄考驗。」

　　我吱吱叫道：「考驗？英雄？三場？可是……誰也沒告訴過我這件事啊！到底是什麼呀？」

　　這時，雪貂已經牢牢抓住了我的手臂，彷彿我要逃走似的。

　　「嘿，你這隻小老鼠，難道是想變卦不成？告訴

你吧，已經來不及啦！你都簽了名！這可是規矩。你既然同意了，就得接受考驗。」

我不禁抗議：「**規矩？什麼規矩呀？**」

索菲娜搖了搖頭，一副居高臨下的樣子。接着，她從另一隻耳朵後掏出一面放大鏡，給我看了看卡片上的字……它們是那麼那麼那麼細小。

咕吱吱，這才是我真正簽了名的東西！

於是，雪貂拽着我的胳膊，貓頭鷹則在我身後使勁把我往前推。

他們究竟要把我帶去哪裏嘛？

我開始試探問道：「可是……可是……我就不能先和創意女皇說上幾句嗎？」

索菲娜一臉愕然，回答道：「我以一千根羽毛撣子的名義發誓，這樣的要求真是聞所未聞！在讓你見到女皇之前，我們必須確保你是真正的英雄！我的意思是，得名副其實才行！」

我不禁反駁：「可是我之前已經遇見過她了！」

雪貂沒好氣地回答：「那是在夢裏遇見過了。想要見到她真人，你必須**通過**三場英雄考驗。」

我越想越擔心，說：「你們快告訴我實話：這些考驗危不**危險**？」

雪貂聳了聳肩：「怎麼會呢！我不知道你是從哪兒聽來的，我不知道是誰告訴你的，反正那些都不是真的。不過，為了確保萬無一失，這裏有一份**遺書**，需要你在接受考驗前簽名⋯⋯凡事還是保險一點較好！」

凡事還是保險一點較好！

　　接著，他又壓低聲音說道：「你知道嗎？在你前面接受考驗的那些傢伙，最後……」

　　我不禁跳了起來：「最後……**怎麼了？**」

　　他朝右看了看：「啊，最後都……」

　　我不禁追問：「最後都……都怎麼了嘛？」

　　他又朝左看了看：「啊，最後**全都**……」

　　我實在忍無可忍啦，不禁大喊：「最後全都……怎麼了？！」

「最後全都……全都結局慘淡！」

　　哼！我就知道！因為緊張，我的鬍鬚也不禁亂顫起來：「到底什麼叫『結局慘淡』？」

　　索菲娜顯得不耐煩了：「你怎麼問題這麼多？」

　　她甚至有些生氣：「這樣的話從奇幻英雄的嘴裏説出，真是讓我大跌眼鏡！」

　　最後她説：「既然有考驗，就肯定會有好壞兩種結果。如果考驗的結果很壞……那麼英雄挑戰者的結局也一定慘淡。」

　　雪貂在一旁壞笑着説：「就是……相當悲慘！你準備好了沒有？」

　　我哇哇尖叫起來：「沒有沒有！我沒有準備好！」

　　雪貂又聳了聳肩：「一看就知道你沒有！在接受三場英雄考驗前，大家都一樣。你不用發愁……」

　　與此同時，一些貓頭鷹也開始將我推向一條又長又黑的走廊。在走廊盡頭，有一扇小門。我們已經離它越來越近！

　　我試圖反抗，不讓他們繼續推。

　　「喂！我要先考慮一下嘛！我是説，你們別再推了啦！」

　　與此同時，那扇門已經徐徐打開，彷彿有一股

無形的力量在將它推開……看到眼前的景象，我越發恐懼。

「拜託你們了嘛！我真的需要考慮一下……」我試圖爭取些時間。

但是，他們根本不聽。怎麼這麼固執呀！

怎麼推得這麼用力呀！

總之，我的身體早就不聽我使喚了啦！咕吱吱！

此刻，我已經來到門前。只要再被推那麼一下，我就會進入另一個世界……

在我身後，兩名想像顧問也騰地一躍進入了小門。

只是片刻之間，門就在我們身後自動關上了。

砰！

可怕的無知深淵

我的雙眼才剛適應昏暗的光線，就看到了一副奇怪的畫面。

原來，我們來到了室外，頭頂是一片**星空**，腳下是一座山峯。石頭上有兩張木桌，年代十分久遠，上面還有一些按鈕。

第一張桌子的名牌上寫着索菲娜·智慧娜教授，第二張的名牌上則寫着弗洛·弗貂洛教授。

兩位**想像顧問**騰地一跳，就坐上了各自的位置，齊聲喊道：

「三場英雄考驗現在開始，我們必將秉公辦事！如果挑戰者沒能成功，就會墜入無知深淵。」

我不禁尖叫：「深淵？什麼深淵？」

雪貂一臉壞笑，指了指桌子前方：「就是那個，

的確是深淵，對吧？」

　　貓頭鷹推了推架在喙上的眼鏡，說：「你怎麼問題這麼多？這個開端可不怎麼順利，一點也不！」

　　這時，雪貂從講台後跳了出來，湊到懸崖邊上。只見從那裏延伸出一座奇怪的木天橋。橋上站着一塊指示牌，上面的字很大……

雪貂探出腦袋，隨後朝下指了指，對我擠了擠眼：「要是真**摔**下去，那可不是開玩笑的啊！」

因為害怕，我的腦袋已經暈暈乎乎，根本沒勇氣往下看：「為什麼這麼説？下面到底有什麼？」

貓頭鷹一臉不滿：「奇幻英雄挑戰者，難道連這個你都做不到？別再看了！總之，你是在一座山峯上，它叫**極限挑戰之巔**。」

我大吃一驚，問道：「我們不是在夢幻圖書館裏嗎？」

貓頭鷹抬頭，望向天空，滿臉無奈地説：「這是什麼愚蠢的問題！你居然會覺得我們是在室內？你腦子裏到底在想些什麼？」

隨後，她開始解釋：「天橋下面就是**無知深淵**。它的深度，絕對超乎你的想像。在那底下，黑得就像沒有月光的冬夜，可怕得就像吃完乳酪卻不消化然後做的長長噩夢……」

呃啊啊，嚇死鼠了啦！

這時，雪貂不耐煩得打斷了他：「快告訴他，

那底下究竟流着什麼！」

　　貓頭鷹也有些不悦地説：「我這不是正要説到了嘛！」

　　雪貂卻搶先宣告説：「那裏流着的，是滾燙的岩漿！」

索菲娜不禁大喊：「該由我來告訴他這一點！是我！你怎麼能打斷這最精彩的部分呢！」

這時，我插話說：「要是我掉下去，究竟會怎麼樣？我只關心這個啦！那下面是不是有救生網啊？」

只見他們對視了一眼，目光淒涼，隨後，搖了搖頭：「非常抱歉，沒有救生網。如果挑戰者墜入深淵……就會變成烤鼠肉！」

貓頭鷹裝作若無其事的樣子，繼續說道：「別再問這些沒用的問題了！第一場英雄考驗正式開始！」

而雪貂也立刻把我推上天橋。因為我的重量，它開始上下晃動。

我垂下頭張望，看見岩漿就在深淵底部流淌，發出火紅的光芒，劈啪作響，詭異極了！

第一場英雄考驗

雪貂高聲喊道：「你這隻小老鼠，準備好迎接**第一場英雄考驗**了嗎？」

索菲娜則清了清嗓子，說：「他是否準備就緒，已經無關緊要。時間已經晚了，我要開始宣布規則……」

弗洛卻打斷了她：「好了好了，索菲娜，長話短說。」

接著，他又看向我：「你得即興創作一首**押韻的詩歌**，必須以『從前』作為開頭，以『結尾』收尾，共二十四句。至於主題嘛……當然是**奇幻**！」

我都來不及提問，他就已經按下了桌上的一個金色按鈕。叮！

貓頭鷹則按下了掛在脖子上的秒錶，用來計時。只聽她莊嚴宣布：「你共有七分鐘時間，一秒不多，

一秒不少。」

　　雪貂高喊：「加油，挑戰者！加油！要是你不加油，就只好到岩漿裏游泳……」

　　貓頭鷹不忘重複了一遍：「在岩漿裏！」

　　幸好，我總會隨身攜帶一本小簿子。就這樣，我喘着粗氣，開始在筆記本上奮筆疾書，寫下我能

想到的一切詞語。可是突然，我的注意力無法集中了：只見在索菲娜身後，三十三隻小貓頭鷹一個接一個飛了過來。他們紛紛晃動起腦袋，為秒針打着節拍。滴答滴答！　滴答滴答！滴答滴答！

啊呀呀，壓力太大了啦！

我正要整理思緒，三十三隻小貓頭鷹又開始齊聲唱道：「英雄啊英雄，如果不想變成盤上烤物，就請聚精會神！如果不全神貫注，無限深淵就將是你的歸宿！」

我不禁尖叫起來：「拜託，讓我安靜一會兒！」

他們突然沒了聲響……可是很快，就開始窸窸窣窣低語起來。

「哎呀，別吵了別吵了！你們這樣會影響英雄！」

「你快閉嘴，就是你！」

「那你也閉嘴！」

「我只是想幫忙！」

「那就提醒他詩歌的開頭！」

「英雄啊英雄，開頭必須是『從前』，好了，就說這些！」

每當要集中精神的時候，我就會閉上雙眼。漸漸地，小貓頭鷹們的話變成了一首小曲，激發起我的靈感……

從前……從前……從前……

我開始逐字寫下想到的詞語，連成詩句……再上下前後調整順序……整首詩開始慢慢成形！

可是我得抓緊時間，因為我聽到索菲娜的秒錶正一刻不停地發出聲響……滴答滴答……

索菲娜也不斷提醒道：「倒數計時3，2……」

還有最後一句啦……

「……1，0！時間到！」她莊嚴宣布道。就在那一刻，我剛好放下了筆。

「叮！」弗洛剛才按下的按鈕自動彈了起來，沒有片刻耽擱。

弗洛騰地一跳，從我的爪子裏奪過小簿子，迫不及待地喊道：「你這隻小老鼠，讓我們瞧瞧你到底表現得怎樣！」

我害怕得渾身顫抖，連天橋也開始搖晃起來！啊，救命啊！

與此同時，索菲娜和弗洛也開始評價起我的詩歌來。我聽見索菲娜小聲嘀咕道：「讓我看看……開頭是『從前』，最後是『結尾』，詩歌押韻……這些都沒問題……再看看長度……嗯……」

突然，弗洛「嗖」地一躍，又原地旋轉了一圈：「完美，正好二十四句！」

最後他說道：「太奇幻啦！英雄挑戰者成功通過第一項考驗！嘿嘿，真是生活處處有驚喜！」

從前有位迷人的女皇，
民心所向，
統治着一個最珍貴的世界，
那是奇幻世界！

一個邪惡巫師發起挑戰，
企圖逼她退位，
他施展灰色巫術，
傷害創意女皇！

當她深陷險境，
面對強大的邪惡勢力，
徐徐展開《智慧之書》，
希望找到解決之策。

在純金的書頁之間，
終於出現一條金玉良言，
他叫奇幻英雄，
是她翹首以待的英雄。

謝利連摩・史提頓是他的真實姓名，
他既不強壯也不算英俊！
可他的內心純潔善良，
沒錯，就是那隻老鼠，
哪怕犧牲生命也在所不惜，
只為無邊無際的奇幻世界，
它那樣遼闊，那樣神奇，
這就是詩歌的結尾！

索菲娜的臉色卻陰沉下來：「可惡！你竟敢搶了我的話！這麼重要的消息，應該由我宣布才是！我一定要把這事稟告給女皇，你等着瞧吧……」

但是，她的聲音早就淹沒在三十三隻小貓頭鷹吱吱喳喳的叫聲裏。

「呀吼！他過關啦（暫時）！」

「他通過了考驗啊（至少是這一場）！」
「他沒有掉進深淵呢（之後怎樣再說嘛）！」

第二場英雄考驗

　　這時，弗洛來到我身邊，用力握了握我的爪子說：「小老鼠，祝賀你通過了第一場考驗。你感覺怎麼樣？有沒有想到自己會通過？反正我是沒想到！坦白說，誰也沒想到！」

　　他的熱情讓我高興，可是有點過度了啦！這不，天橋都開始搖晃起來。這多危險呀！而我呢……我真的不想變成烤鼠肉啊！

　　於是，我只是叫道：「咕吱吱！放開我，求你了！」

　　他不禁瞪大雙眼，然後鬆開我的手爪，陰沉着臉回到了書桌前：「這些忘恩負義的英雄挑戰者。你為了他們盡心盡力，他們倒好，只是取得一點小小的成績，就開始不把你放在眼裏。話說，我生什麼氣啊？反正他又通不過第二場考驗！」

　　這時，索菲娜說：「好了好了⋯⋯抓緊時間，開始第二場考驗——**閱讀馬拉松！** 請擊鼓！」

　　我實在忍不住笑了起來，還自言自語道：「在這樣的地方，哪兒來的鼓呀？別做夢了！」

　　但還沒等我說完，三十三隻小貓頭鷹已經立正，而且還⋯⋯

咚咚咚！咚咚咚！咚咚咚咚咚！！！！

　　這聲音簡直要把我的耳膜震破！我不禁向後跳了一步⋯⋯還差一根鬍鬚，我就要跌進深淵啦！

這時，索菲娜向我投來得意的目光，大聲宣布道：「英雄挑戰者必須高聲朗讀，從頭到尾，讀完**七本書……**」

我簡直不敢相信自己的耳朵，興奮地大喊：

「小菜一碟！我閉着眼睛都能完成！」

索菲娜的目光再次向我射來，說：「這裏一共七本書，有長有短，但你不可以唸錯一個字。時間是三個小時！不能多一分鐘，也不能少一分鐘。」

隨後，她看了看表，喊道：「3，2，1……第二場考驗正式開始！」

滴答滴答……

弗洛也按下了按鈕……**叮！**

小貓頭鷹們分成七組，拍打着翅膀，接連為我投下七本書。這下，天橋又開始搖晃起來。這多危險呀！

第一本是關於園藝的教材，很有意思（500頁）……

第二本是小說，主角是一條惡龍（430頁）……

這時，雪貂和貓頭鷹又對視了一眼，彷彿十分擔心，不，簡直是憂心忡忡！

隨後，雪貂咕噥道：「讓我來說？」

貓頭鷹理了理憂鬱的羽毛，說道：「就由你來告訴他吧。我可沒這勇氣。」

啊呀……我可從來沒見過他們如此擔心的模樣。看來，**第三場考驗**一定是……致命的！

只聽雪貂清了清嗓子，隨後說道：「現在你可聽好了，小老鼠！已經到了最關鍵的時刻。你現在反悔還來得及。這可是你最後的機會了。」

貓頭鷹實在忍不住插話道：「你聽明白了嗎，英雄挑戰者？這是你最後的機會了。最後最後最後！」

繼續還是放棄？

他們同時向我投來目光，並齊聲問道：「想好了沒有？你到底是決定繼續，還是選擇

79

安然無恙地回家？你有**六十秒**時間思考！」

雪貂再次按下了書桌上的按鈕。叮！

貓頭鷹也按下秒錶開始計時。滴答滴答……

與此同時，我也開始焦急地思考起來。

以一千塊莫澤雷勒乳酪的名義發誓，該怎麼辦呀？

我可以**毫髮無傷**，安然無恙地回家。這是一個千載難逢的機會……

我弱弱問道：「如果我安然無恙地回家，創意女皇會怎麼樣？還會有其他

奇幻想像，請賜予力量！

女皇的聲音正是從門裏傳來！

我打開小門，發現那是一個八角形的空房間，比皇宮的**小塔樓**還要高出一層。

其中的七面牆上都開有圓形窗户，彷彿船上的舷窗。

窗外的景色無與倫比，屋頂高高低低，錯落有致。那是我所居住的城市——妙鼠城。

天空中依然有點點星光閃爍，但深淺不一的粉紅色已經在預告：太陽很快就會升起。

當我正欣賞着眼前的美景時，隱約看見了一個灰色的身影，正從一扇窗户探出……

就在這時，弗洛從背後推了我一把：「快點快點，你怎麼回事，傻了嗎？」

索菲娜也催促道：「別讓女皇久等！」

　　直到這時我才發現，第八面牆上沒有任何窗戶，卻掛着一幅巨大的女王畫像。畫中的人物正朝我微笑。我明白了！原來聲音就是從畫裏傳出的。

　　我有些緊張，問：「是創意女皇嗎？是你嗎？你在裏面嗎？這怎麼可能呢？」

　　我還沒得到回答，弗洛就已經跳到了我和畫像中間，小聲嘀咕道：「啊，我的女皇，和我記憶中相比，你怎麼變灰了這麼多！」

　　索菲娜也拍動翅膀飛了過來，尖聲叫道：「啊！怎麼會這樣！你怎麼變灰了這麼這麼這麼多！」

　　女皇露出了苦澀的笑容，回答說：「唉，我親愛的朋友們，的確如此。摧心巫施的魔咒還在繼續侵蝕着我，不用多久，我就會成為一尊鉛雕像。只有大英雄能拯救我。」

　　這時，索菲娜遞給了我一張羊皮紙。

　　接着，她在我耳邊悄悄說道：「來吧！這一個重要的時刻已經到來。

這是奇幻英雄的誓詞。還不抓緊時間？」

我立刻清了清嗓子，唸了起來……

嗯……

93

　　「我，奇幻英雄，莊嚴承諾：將盡己所能，拯救創意女皇，擊退她的勁敵，尤其是邪惡的摧心巫以及……」

　　「好了，好了，」弗洛突然打斷了我，「我們就別再浪費時間了！多**無聊**……」

　　索菲娜立刻火冒三丈：「這可是奇幻英雄的誓詞，是我花費了數月心血寫下的……」

　　但是弗洛根本不聽，對我說道：「快，大英雄，我們快複習一下**計劃**！」

如果不能阻止邪惡魔法，奇幻就會永遠消失！

弗洛開始滔滔不絕地說：「首先，**摧心巫向女皇施了魔咒，**從女皇的腳踝變成了鉛並蔓延到身體的其他部分⋯⋯一旦女皇變成了雕塑，那麼⋯⋯奇幻就會永遠消失！**灰色時代就會開啟！」**

索菲娜繼續說：「我們必須在十二小時內阻止這件事發生！」

我不禁急叫道：「十二小時？根本不夠嘛！」

你只有十二個小時⋯⋯

破除咒語！

　　因為緊張，我的鬍鬚也亂顫起來。可我還是問道：「怎樣才能找到解藥?!需要叫個醫生嗎？」

　　女皇的聲音打斷了我：「不，奇幻英雄，醫生並不管用。這是一道邪惡的咒語，所以我們需要做的是破除咒語！只有你，大英雄，可以給我唯一配方，用來……」

　　我大吃一驚，說：「我？我不明白，我……」

　　女皇繼續說了下去，只是她的聲音越來越遙遠。

「唯一能夠恢復我能量與活力的東西，就是奇幻與想像……

　　我需要你的想像力，大英雄！請為想像插上翅膀，寫下……」

　　我不禁問：「我還是不明白，究竟什麼才能起到作用？我究竟該寫些什麼？」

女皇笑了：「一場史無前例的奇幻探險！我知道留給你的時間很少，但不用擔心。我會幫助你，將最真摯和強烈的情感饋贈於你，給你靈感！你可以回到妙鼠城裏，去大街小巷轉轉。你將遇到許多奇幻人物。近距離接觸他們，會幫助你構思一個真正的奇幻故事！」

索菲娜插話說：「我的女皇，我有個想法。為了讓我們的大英雄獲得更多靈感，我們是否能放出一條龍，一位公主和一名騎士呢？」

弗洛用手肘敲了敲我，說：「小老鼠，你開心嗎？能夠近距離看見巫婆啊！還有巨龍！」

我轉身看向女皇，說出了我的疑惑：「我真的得在十二小時內寫出一個奇幻故事嗎？這樣真的能拯救你？萬一我做不到呢？」

索菲娜又忍不住了：「唉，你怎麼這麼多問題！你究竟是不是奇幻英雄啊？」

弗洛拉了拉她的羽毛：「喂，當然是他！雖然是有點差勁，但我們一樣可以成功。」

97

此刻的我，都快哭出來了啦：「難道……你們是要讓我孤軍奮戰？」

女皇安慰我說：「絕對不會。索菲娜和弗洛都會陪伴在你身邊，他們的忠誠我從不懷疑。所以，也請你相信他們！」

索菲娜感動萬分，向她鞠躬：「謝謝你，我的女皇。如你允許，我希望發表一通簡短的致謝演講……」

弗洛又拉了拉她的羽毛：「喂，你這無聊的傢伙！什麼演講，我們得立刻出發！話說，你把給大英雄的書放在哪兒了？」

索菲娜面露不快，隨後吹起一枚純金的哨子。只是片刻工夫，三十三隻小貓頭鷹就飛到她身邊，還帶來了一本金色封面的圖書。

我打開書本。可是……所有書頁都是空白的呀！

只聽三十三隻小貓頭鷹哼唱起來：

「金色書本的書頁當然全部空白，
偉大英雄，你是赫赫有名的作家！
很快就會由你寫下一則故事，
美麗新穎，空前絕後！」

因為受到巫術的折磨，女皇的聲音已經相當微弱，說：「大英雄，你得即刻出發。我相信你！你呢？你相不相信*想像*的力量？」

我鼓起全部勇氣，堅定地說：「我當然相信！」

畫像中的女皇展露出甜美的微笑，說：「很好，奇幻英雄！現在就請你做好準備，因為在接下來的 12 小時裏，在妙鼠城中，一切皆有可能！」

隨後，彷彿是做好了戰鬥準備一般，她堅定地喊道：「探險正式開始！」

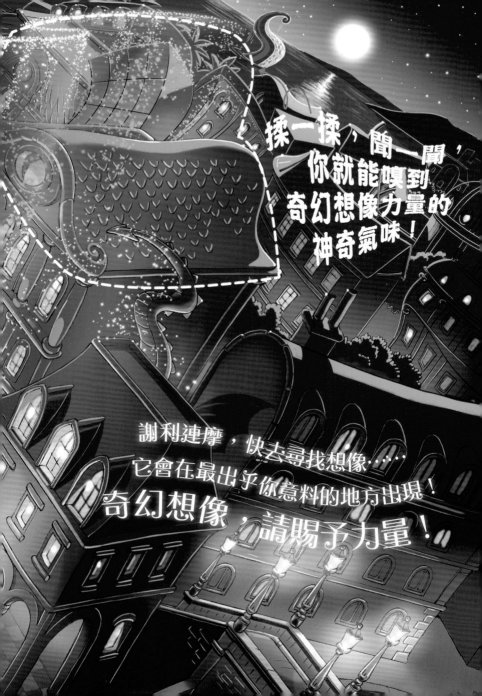

　　與此同時，誰也沒想到意料之外的狀況來臨了！

　　就在我和創意女皇（確切地說，是她的畫像！）說話時，在塔樓外，居然有一雙眼睛在⋯⋯**監視**我們！

　　咕吱吱！原來我沒有看錯：的確是有身影從那扇窗戶裏探頭出來！

　　顯然，我在當時不可能知道那究竟是誰⋯⋯原來在窗戶後頭潛伏着一條**灰色巨龍**，牠的身上戴着座鞍和韁繩，牠那粗大的鼻孔中噴射出濃濃的灰煙。

　　後來我才知道牠的名字：**鉛火龍**。

至於騎在牠身上的，正正就是我必須打敗的敵人……

邪惡的摧心巫！

他們正淡定地躲在暗處，等待發動攻擊的最佳時刻。

就算路上有誰抬頭張望，看到的也只會是一個難以分辨的影子。

但如果從塔頂俯瞰，**利嘴鴉**，就是那隻在妙鼠城裏肆無忌憚跟蹤我的烏鴉，正將一個類似耳機的奇異工具往下探，以偷聽我們的對話。

水銀喵，那隻想要把我放進鍋裏煎的可怕肥貓，則不停向上爬着，來到他的主人身邊。

咕吱吱！這個邪惡的團夥已經全員到齊了！

好吧，我承認嘛，如果當時我就看見這個畫面，我一定會害怕得舉爪投降！

要知道，那可是我們所能想像的最陰險的巫師，而且……他還是

創意女皇和奇幻世界最強勁的敵人！

雖然大家都懼怕攫心巫，卻很少有誰真正了解他們。不過索菲娜是其中之一：她用白紙黑字記錄下了有關巫師的一切。但是真的誰也不知道，沒錯，誰也不知道他的神祕過往！

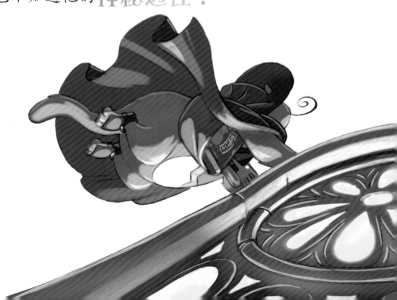

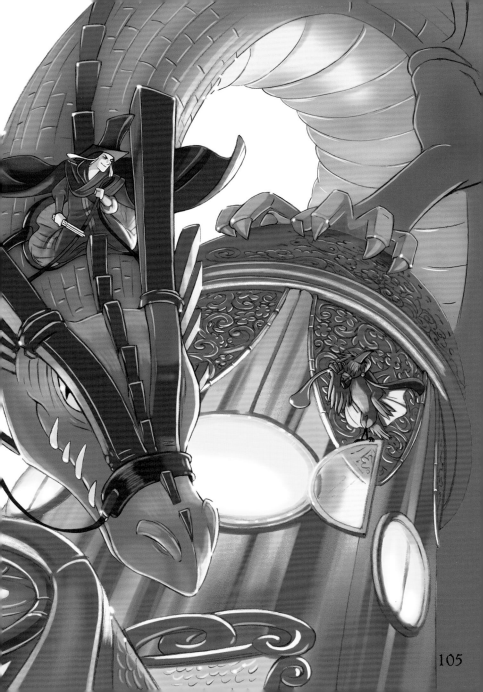

摧心巫

編者：索菲娜·智慧娜
想像顧問

　　無論何時何地，他始終和一樣東西形影不離，而且他總是被一朵灰雲籠罩着，這樣就沒有誰能夠看清他們。沒錯，他們是摧心巫和他的鉛尺！

　　鉛尺是巫師最強大的武器。他總是隨身攜帶着鉛尺，哪怕睡覺也從不離身，把它塞在枕頭底下。

　　每年他只洗一次澡（就在生日那天）。每到這時，他就會把鉛尺一起帶進浴缸，好讓它富有光澤。

發射灰色
光芒的尺規

象徵灰暗的
巫術標誌

標有數字的凹槽，
以「奇幻米」作為
衡量單位

　　誰也不知道它究竟怎麼用，但大家都知道它的威力。摧心巫將它當作魔

法杖一樣揮舞。只要按下其中一個灰暗標
誌，就能獲得魔力。

　　因為有了這個武器，摧心巫便可以施展任何
一種巫術。有些施法的方式會很複雜，需要他同
時按下兩個甚至三個標誌，彷彿吹奏笛子一般。
可以肯定的是，每次他施展巫術，就會有一道鉛
灰色的光從尺子的一端激射而出。每次發出的光
線都不一樣，但沒有一次不令人感到害怕，因為
它來自主人的邪惡念頭。

　　迄今為止，只有一個標誌為大家熟知：每當
摧心巫將手指放在左邊最後一個凹槽處時，就能
在瞬間烹煮出他最愛喝的飲料：聞起來
像咖啡，嘗起來像糖漿，但又有黑
胡椒的辛辣味。據說它的味道相
當可怕，但這是摧心巫所喝的唯
一飲料，這似乎能增強他的法
力。

　　另外，還有一件東西也能
使他變得更加強大，那就是他
的烏黑色披風。他甚至都能讓
它隱形。

即使知道困難重重，我還是和想像顧問們走下了旋轉樓梯，決心完成我們的任務⋯⋯

與此同時，三十三隻小貓頭鷹也一邊哼唱，一邊做起了她們平日的工作。如今，只剩下創意女皇獨自留在房裏的畫像中⋯⋯

攝心巫一聲令下：「英雄大笨蛋和那幾個幫手已經離開，現在應該只剩下創意女皇獨自一人。是時候解決她了！我可沒耐心再等下去！快！」

巫師舉手一揮，水銀喵和利嘴鴉便「嗖」地飛了出去。攝心巫大搖大擺地進入了奇幻畫像之塔⋯⋯眼前的房間卻突然空空如也！就在那一刻，刺耳的警報聲傳遍了整座夢幻圖書館。

沒有監測到金色卡片！外敵入侵！
沒有監測到金色卡片！外敵入侵！

摧心巫將鉛尺指向大喇叭，喇叭瞬間化作了一團**灰燼**。

只聽他一陣怒吼：「創意女皇在哪裏？到底在哪裏？她不可能在其他地方！我明明聽見了她的聲音！」

利嘴鴉嘎嘎叫道：「我們大家都聽見了。主人……但是在空中向下看，也沒發現。你呢？」

摧心巫用鉛尺敲了敲**巨龍**的腦袋，隨後從牠身上跳了下來。「鉛火龍，我早跟你說了，讓你別動！你不停上躥下跳，害得我看也看不清！」

利嘴鴉又叫道：「創意女皇會不會**躲**在窗簾後面？！」

水銀喵不禁在地毯上磨起指甲，問道：「窗簾？哪兒來的窗簾？你難道沒看見，這間屋子空空如也嗎？只有這張地毯和這幅畫像……」

就這樣，他們四個停在*創意女皇*的畫像前。

摧心巫從上往下仔細打量，還用鉛尺進行了測

量。當他看見自己勁敵的畫像上出現了**灰色斑點**，不禁露出得意的表情。

他冷冷笑道：「好極了！這群傢伙都已經操心成那樣，連畫像都改變了。哼！他們這是有多絕望！」

咕吱吱！幸好那幅畫像具有魔力，沒讓摧心巫發現女皇就**躲**在裏面！

此刻，她一動不動，一言不發，就像一幅畫像中的人物！

摧心巫激動地轉過身，轉眼就把畫像拋在腦後：「快給我去找！這裏一定有什麼**秘密通道**！給我把圖書館上下翻遍，一定要給我找……」

他還沒把話說完，所有三十三隻小貓頭鷹已經飛速撲向大廳，做好了**戰鬥**準備。

只聽他們齊聲大喊：「就算你毀了喇叭也沒用，警報已經發出！」

「我們隨時待命！只要沒有金色卡片，誰也不能肆意闖入！這裏可是夢幻圖書館！」

看見如此瘦弱嬌小的貓頭鷹，鉛火龍、利嘴鴉和水銀喵瞬間爆發出一陣大笑……但他們錯了，簡直大錯特錯！

永遠不要小看貓頭鷹！

只見從羽毛撣子裏射出一支又一支的**彩虹箭**，「嗖嗖」刺向三個壞蛋的皮膚、羽毛和鱗片，將他們打得措手不及！要知道，那些可不是普通的羽毛撣子，而是……神奇的**魔法杖**呢！

這時，鉛火龍幾乎已發射不出任何煙霧，因為每次牠剛想射出**火焰**，不是被彩虹箭射中尾巴，就是刺中爪子⋯⋯

牠急忙向摧心巫求助，巫師卻一臉**不耐煩**的樣子：「你是在開玩笑嗎？快自己解決⋯⋯」

摧心巫並不理會那些貓頭鷹，喃喃說道：「要是創意女皇藏了起來，肯定不會輕易被發現。沒關係。我的奪命巫術已經奏效了。只需要再

解決奇幻英雄那個**乳臭未乾**的傢伙，她就完全沒有希望扭轉局面！」

　　隨後，他轉身看向自己的手下，命令道：「別再浪費時間了，我們快去妙鼠城裏看看！」

妙鼠城街頭

在摧心巫和他的手下們闖入**奇幻畫像之塔**之時，我已不顧一切，微微打開夢幻圖書館的金色大門，探出腦袋，看看外面究竟發生了什麼變化。

此刻已是黎明時分，天空變成了深淺不一的玫瑰粉紅色，彷彿仙女的臉龐，又像華美的綢緞。

外面空無一鼠：正好可以讓我們悄悄溜出去。可這時，我忽然擔心起來：我身邊還有**會說話的**雪貂和貓頭鷹呢！這下可好，妙鼠城裏誰會不注意到我呀！

我轉身看向兩位顧問，沒想到，他們早就衝到了我前面。

更沒想到的是，他們已經過**喬裝打扮**，樣子好笑極了……看起來，就像是兩位盛裝打扮的貴婦呢！

　　弗洛甚至還拖着一個像極了吸塵器的東西……
我也是後來才明白它究竟有什麼用。

　　我吃驚得連話都説不清了：「這，這，這……」

　　他們兩個「噗嗤」笑了出來，還齊聲嘲笑我：

「驚喜嗎？意外嗎？」

　　隨後，他們又大喊：「快點快點，時候不早啦！」

　　索菲娜在我的鼻子前晃了晃**秒錶**，咕噥道：「別忘了，時間可不等人，**滴答滴答！**」

　　弗洛彈了彈我的尾巴：「小老鼠，你到底有沒有靈感？是不是已經能寫點什麼了？！我們都指望你了。只有你能拯救我們（誰知道你究竟能不能做到！）。」

　　就這樣，他們推着我來到了千篇故事廣場。圖書館的大門已在我們身後關上。砰！

冒險旅程正式開始……

　　……拯救女皇，我義不容辭。只是……哎呀……我到現在都不清楚，等待着我的，究竟會是什麼！

　　我知道，我得寫作，可對我來說，這並不是什麼冒險呀……說到底，這不就是我的老本行嘛！

索菲娜像是知道我在想什麼，問道：「所以你到底明不明白自己的任務究竟是什麼？」

我支支吾吾：「嗯，明白……我是說……差不多吧。我得**在十二小時之內**寫出一個奇幻故事，但關於拯救任務的詳細情況，我並不是很明白……」

索菲娜沒好氣地回答：「哎呀，你怎麼有這麼多問題？」

弗洛也無奈地說道：「難道還得讓我們給你畫圖不成？好啊，畫就畫！」

只是一眨眼的功夫，他已從索菲娜那裏奪過筆和羊皮紙，開始**揮筆疾書**。

隨後，他把羊皮紙塞進了我的手爪，說道：「給你！這可是我最出色的藝術品，現在交給你了！你得好好看，我親愛的奇幻英雄！」

我開始專心讀起那張奇怪的說明書，他則在一旁觀察着我，一臉壞笑：「大英雄，別分心。要知道，在出其不意的時候，我們會考你的啊！」

奇幻英雄究竟該做什麼?!
很簡單:寫出一個奇幻故事,
拯救創意女皇!

(不過這位奇幻英雄是個不折不扣的大笨蛋,
所以才要給他看這些具體說明……)

1. 在妙鼠城街頭找到一名奇幻人物。

2. 與這位人物的相遇(還是衝突?誰知道呢!)會給奇幻英雄帶來靈感。

3. 接着,大英雄就會在金色書本上寫下故事文章。
等到他寫完足夠多而且足夠好的內容(不可以無聊或是悲傷,而且語言必須優美!),他的奇幻力量就會傳遞給創意女皇,幫助她恢復力量。

4. 討厭的索菲娜·智慧娜會不斷查看藏在她秒錶裏一幅創意女皇的小畫像。這樣,她就能知道因為巫術所帶來的灰色斑點擴散到什麼程度……

5. 重複第1點，直到所有奇幻人物都在故事中得到妥當安排。這時，創意女皇才能接收到足夠奇幻力量，從而痊癒。

所以，我們將會讀到一個震撼的大結局，而邪惡的巫師也會得到他的下場（什麼下場？誰知道呢！）。

備注1：如果奇幻人物與妙鼠城裏的鼠民相遇或發生衝突，在大結局過後，鼠民會立刻被討厭的索菲娜·智慧娜以奇幻魔法處理。

備注2：大結局之後，傳奇的弗洛·弗貂洛（就是我！）會用奇幻吸塵器將妙鼠城裏所有奇幻人物帶回奇幻世界，以確保他們安全到家。

備注2的備注：在吸入過程中，不會有任何奇幻人物遭受粗暴對待或其他痛苦。相反，這更像是一場奇幻有趣的體驗。

都清楚了嗎，奇幻英雄？

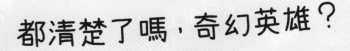

索菲娜高興地吹了吹羽毛：「啊，沒錯，這是多麼開心的事！這是多麼**奇幻**的想法！我們一定會考你的！這讓我想到了當年在貓頭鷹大學度過的那些日子。我還記得自己曾有幸被尊敬的**吉安靈活·吉安敏捷·吉安光亮**教授騎士任命為助理，並代替他主考⋯⋯」

但我才不關心他們的對話。我一門心思，只想知道究竟自己要面對什麼！

因為緊張，我的鬍鬚也開始亂顫起來！

終於讀完了。可是，一千個問題在我的小腦袋裏冒了出來⋯⋯於是，我迫不及待地開始發問：「這些人物可以在城裏自由行動嗎？

難道這不是很危險嗎？

我倒是沒關係，但我那些鼠民朋友該怎麼辦呀？他們才不習慣和那麼多的奇幻人物打交道呢！」

索菲娜想讓我放心，安慰說：「現實中的人物和奇幻人物相遇，此類事件概率很小，簡直是極低，

幾乎沒有，根本不可能，從來沒發生過！」

弗洛卻補充道：「但就算發生，老鼠也會經過**奇幻魔法處理**！我不是給你寫了嗎?!」

隨後，他指了指自己的字，又說道：「就在這兒，看見了沒？話說，字體是小了點……」

因為害怕，我騰地跳了起來，問：「什麼，奇幻魔法處理？這是什麼意思呀？會痛嗎？」

弗洛沒好氣地說道：「索菲娜，還是你來跟他解釋吧。我實在受不了了。真是個大笨蛋！」

索菲娜開始解釋，儼如一副小老師的樣子，解說起來：「奇幻魔法處理十分複雜，會篩選當事者的一些*記憶*，同時刪除另一些……」

弗洛打斷了她：「長話短說，就是索菲娜會晃動她的秒錶……然後，老鼠就會忘了所有他所看見和經歷過的奇幻事情！」

我不禁歎了一口氣，說：「那好吧……聽起來好像也沒那麼糟糕……」

弗洛聳了聳肩，說：「啊，要說糟糕，那唯一

糟糕的事就是萬一讓摧心巫發現我們……」

我緊張得都結結巴巴說：「他……他會對我們做什麼？」

索菲娜和弗洛都將目光投向了我：「對我們？你是想說「對你」吧！明明你才是**奇幻英雄**，明明是你得破解巫術！至於他會對你做什麼，我現在就給你多畫幾幅畫，快看！」

摧心巫可能會……

2. 把你餵給水銀喵吃！

1. 把你變成一尊鉛雕像！

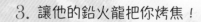

3. 讓他的鉛火龍把你烤焦！

麗莎姑媽洗完的衣服

　　如今，我對於必須完成的任務有了更清楚的認識。於是我想，可以從妙鼠城的市中心開始尋找**奇幻人物**。就這樣，我走向了自己相當熟悉的普夫隆乳酪大街，身後還跟著兩位奇怪的女士（假的！），一邊小跑，一邊好奇地四處張望。

　　索菲娜每走一步，就會提問，*眼裏還閃爍着光芒：*「大英雄，你們有沒有博物館？是不是收藏了許多歷史名畫？你知道嗎？我可是不折不扣的繪畫愛好者！對了……你們是不是還有劇院？會不會舉行古典音樂會？這可是我的另一項愛好！」

　　弗洛卻不停催促我：「行了行了，再快一點，小老鼠！時間緊迫，我們連一個奇幻人物都還沒遇上呢！」

　　索菲娜卻反駁道：「我們可不能跑，不然誰會

相信我們是**貴婦**？」

弗洛拉了拉她的羽毛：「快點閉嘴，你這個討厭的傢伙！」

就在這時，在最出乎意料的時候，我看見了兩張熟悉的臉龐。

我**心愛的**姪子班哲文和他的好朋友翠兒正迎面朝我撲來。

「啫喱叔叔，我們正找你呢！剛才打了好幾通電話，但你就是不接！」

啫喱叔叔！

我不禁從口袋裏掏出手機。直到這時我才發現，居然有很多未接來電。

我一頭霧水，支支吾吾：「這怎麼可能？實在太太太奇怪了……我怎麼會沒有發現來電呢?!」

　　弗洛用手肘碰了碰我，悄聲説道：「小老鼠，你當然不會聽見電話鈴聲。因為在夢幻圖書館裏，有許多 奇幻能量

會干擾信號。」

　　這時，索菲娜插了話，又想賣弄學問，説：「請允許我強調一下：圖書館內，禁止使用手機！」

　　班哲文不禁好奇起來，問：「我們當然知道圖書館裏不能通話，可是……啫喱叔叔，你在圖書館裏做什麼呀？現在是早上七時呢！」

　　幸好，翠兒岔開了話題，説：「我們有一件重要的事要告訴你：發生了一件非常奇怪的事！」

　　弗洛立刻用假聲打斷了我們的對話：「親愛的小朋友們，這隻小老鼠，就是謝利連摩先生，幫助我們穿過了街道。然後我們又請他陪我們來到市中心，他欣然同意。我們真的非常需要他的説明……如果只靠我倆，那非得迷路不成……你們知不知道，

我們才剛到？」

索菲娜也插話道：「啊，沒錯！這位先生善良又熱情。對我們來說，簡直是不—可—或—缺！」

接着她又湊到我耳朵邊，說：「對了，大英雄，一旦你有了靈感，千萬別忘了寫下筆記……哪怕是在遇到奇幻人物之前，你也可以寫點什麼，明白嗎？畢竟，一本好書得有個好的開頭才行，是不是？讀者往往會因為精彩的開頭而繼續往下讀，是不是？你知道該怎麼做，是不是？快點快點，別磨蹭啦！」

如果說索菲娜的目的是要讓我更加緊張，那她可真是做到了。我只覺得我的焦慮感熊熊地上升。

她要是再繼續說下去，那些空白的書頁可能就會一直空白下去了。

什麼大英雄嘛。我腦袋迷迷糊糊，雙手瑟瑟發抖……照這麼下去，我什麼也寫不出啦，更別說是奇幻故事！幸好，這時孩子們把我從那些思緒中拉回了現實。

孩子們看了看我身邊的兩位女士（假的），然後彼此對視了一眼，顯得憂心忡忡：「我們很高興叔叔幫了你們大忙。不過現在，我們得**立刻**去麗萍姑媽那裏，因為發生了一件非常奇怪的事。麗萍姑媽洗了衣服，晾在花園裏，那些衣物居然全變成了鉛！短褲、襪子、牀單……全都變成了灰色，非常沉重。總之，就是變成了金屬，更確切地說，

是變成了鉛！！！」

這時，我的手機鈴聲響起了。

原來是麗萍姑媽，於是我說道：「喂，姑媽，是我！」

姑媽很緊張：「我親愛的姪兒啊，你快來我這兒，我需要你！你看見班哲文和翠兒了嗎？他們是不是都告訴你了？」

「是的，姑媽。我們這就來！」

　　我打開了手機的擴音器，與此同時，我們也朝姑媽家進發。她繼續說道：「今早天剛亮，我去花園裏收衣服。奇怪的是，它們全都變成了鉛。就連夾衣服的夾子都是！」

　　她的聲音裏滿是困惑：「而且，四周的植物上，還有一些奇怪的**燒焦痕跡！**」

　　我說道：「姑媽，別擔心！有我在呢！」

　　我掛上電話，兩位顧問分別碰了我一下，然後異口同聲在我耳邊悄悄說道：「這一定是**摧心巫**的傑作！這個陰險的巫師，應該就在附近！」

一定是摧心巫！

人物嘛！」我深深吸了口氣，認為最好把弗洛和索菲娜之前建議我的那些新奇想法都拋諸腦後。我拿出**金色書本**，準備好觀察接下來發生的一切。我要獨自尋找靈感，寫下故事的開端。我要跟隨我的作家直覺！

只聽這位**神秘的**騎士喊道：「我，銀板十二騎士之一，向你提出決鬥！準備進攻！」

我一頭霧水，說：「他是在對誰說呀？」

不過很快，我就明白了過來，因為又有一名神秘騎士飛馳而來。只見他身穿**黑色盔甲**，漆黑得彷如暗夜，騎着漆黑的戰馬。只見他的旗幟有狼頭徽號。

街上的鼠民嚇得目瞪口呆，紛紛停下腳步，連連驚呼。那匹飛馳的黑馬差點把我撞倒，一隻馬蹄還踩到了我的尾巴。

我痛得把金色書本都給扔了出去，哇哇大叫：「哇呀呀！」

請仔細看看，到底
謝利連摩把金色書本扔去了
哪裏？想知道答案，
就繼續往下讀吧！

　　可除了我之外，大家都及時躲開了。索菲娜不禁咕噥道：「哎呀呀，你就不能小心點嗎！我們可不希望在你還沒動筆寫書之前就失去你……你看看你的書，都被扔進了那個花盆！你不會還沒發現吧？說回正題，那位銀騎士是風暴公爵——**風雪騎士**。他來自顯赫的勁風王朝。而另一位身穿深色盔甲的，是**特布洞**，來自懶漢部落。他卑鄙可恥，屢屢破壞騎士規則。創意女皇召集了眾多奇幻人物，他一定是悄悄混跡其中。」

　　這時，弗洛把金色書本找了回來，嘲笑起我：「索菲娜，有件事我完全同意：這隻小老鼠，一點也不讓我們放心！」

　　我接過書，準備動筆書寫：事實上，一場騎士間的精彩決鬥，

完全可以成為一個奇幻故事的開頭。

我有靈感啦！但還沒等我拿起筆，兩名騎士就已經朝我的方向飛馳而來。我得閃開！立刻！

與此同時，四周鼠民的驚呼聲此起彼伏。

「這裏怎麼會出現騎士呢？」

「這可不是嘉年華！」

「一定是在拍中世紀戲劇！」

「快點閃開，他們正要開始一場決鬥，別站中間！」

「不會吧！誰能説説到底是什麼情況！」

就在兩名騎士**迎面交鋒**的那一刻前，我騰地閃到了一邊。我很快發現，那名黑騎士居然使用陰險的手段，嘗試攻擊銀騎士的馬。

另一邊，風雪騎士要厲害得多。他刺出精準一擊，立刻繳了對手的武器。

風雪騎士高喊：「給你個教訓，這樣你才會知道，不光明正大地決鬥，就不配**騎士**的稱號！好了，趕緊走吧！」

　　敵人飛也似地溜走啦。他轉身對我說道：「這位先生，你剛才就站在**決鬥**場地的中央。你究竟是要做什麼呢？」

　　我則反問他：「那你又是在做什麼呢？我嘛，就住在這兒。這裏是我居住的城市！」

我就住這兒呢

　　他抓了抓頭盔，一臉疑惑：「對啊，我為什麼會在這兒呢？」

　　索菲娜趕緊在我耳邊説道：「快告訴他，他來這兒是為了拯救一位公主！」

　　我急忙重複她的話：「嗯，也許你是為了拯救一位公主？」

　　他思索了一番：「的確，這是我們騎士常做的事……」

　　這時，我突然想起了麗萍姑媽：她算不上一位公主，但此刻正需要我！

我可不能讓她獨自面對花園裏的那些衣服，還有那些奇幻的客人！

於是，我合上金色書本，高聲說道：「騎士先生，我有一個想法。與其在這裏思考你到底要做什麼，倒不如跟我們來！我們正要對付一些妖怪，你一定能幫上忙！」

班哲文不禁瞪大雙眼：「什麼？妖怪？」

翠兒也說：「啫喱叔叔，你是在開玩笑嗎？」

咕吱吱，我都沒發現孩子們已經湊到我身邊，還一臉好奇。

我歎了口氣，說道：「孩子們，這真是說來話長了……我們邊走邊說！」

弗洛和索菲娜也補充道：「沒錯，孩子們！你們也可以加入我們，一起營救我們的創意女皇！」

兩個奇怪的傢伙

弗洛和索菲娜開始向孩子們解釋發生的一切，而我則不停揉着尾巴。剛才被馬蹄踩到，到現在都還痛着呢！

風雪騎士來到我身邊，問道：「從你**清澈的眼神**裏，我能看到你有一顆純潔的心。冒昧問一句，你是否就是傳說中的奇幻英雄？」

我四處張望了一番，確保誰也不會聽見，然後說道：「嗯……沒錯，就是我。是不是不像？」

他立刻喊道：「啊，**奇幻英雄**，你太謙虛了！我早該發現！你知道嗎？我剛一認出你，就想起來自己為什麼會在這裏！是創意女皇把我派來這裏助你們一臂之力的！剛才和特布洞的決鬥分散了我的注意力。不管怎樣，我願為你效勞！」

　　我讓他安靜：「噓！別說啦！別說啦！這事不能告訴任何人！」

　　騎士回應道：「我明白。沒錯沒錯。我不會告訴任何人，我會像**中世紀的墳墓**一樣安靜！」

　　這時，路上的民眾早就停下腳步，紛紛向我們投來好奇的目光：我和那位身穿**銀色盔甲**的騎士，站在一起真的太奇怪了啦！

　　只聽他們異口同聲地問道：「英雄？什麼英雄？」

　　「他穿着中世紀的騎士服在街上做什麼？今天又沒有化妝舞會！」

　　「今天真是發生了很多怪事……你們兩個站在一起，真是太**古怪**了！」

　　這時，弗洛打斷了他們，用假聲尖叫道：「各位，我們正在拍攝一部精彩電影，這位優秀演員正在飾演他的角色。故事說的是一名英雄……」

　　索菲娜朝我點了點頭，低聲說道：「我們必須**假裝**這是電影中的場景！這樣，妙鼠城裏就不會有鼠民懷疑我們是在為創意女皇執行特殊任務！我們

沒時間向大家解釋！」

因為民眾突如其來的**熱情**，騎士不禁高喊：「為創意女皇而戰！加油！」

我們幾個立刻制止，讓他安靜：「噓噓噓！別再說了！不然我們會被發現的！」

他連忙道歉：「對不起，每當我想到能參加這場神奇的任務，就會覺得**榮幸備至**，免不了激動起來。以後我一定會更加謹慎。我們騎士，一言九鼎！」

就連班哲文和翠兒也好奇起來：「這⋯⋯叔叔⋯⋯所以⋯⋯這是真的？你是一名英雄？」

我回答：「沒錯，孩子們。但拜託你們，千萬不能告訴任何人！這是一個秘密。」

索菲娜又補充了一句：「一個*奇幻秘密！*」

我們的隊伍越發壯大，走在路上，總能吸引大家好奇的目光。索菲娜壓低聲音，告訴了騎士和孩子們所有發生的事，解釋了所有關於**任務**的細節。

班哲文驚呼：「所以叔叔得在不到十二小時裏

寫出一部完整的小說？」

翠兒又問：「寫小說需要想像力，而那就是女皇所需要的？

它能破解女皇身上的巫術？」

兩個孩子都吃驚得目瞪口呆，說：「這世界上居然有創意女皇？！簡直難以置信！」

「叔叔必須拯救她？這是什麼神奇的故事呀！」

隨後，他們一臉自豪地看向我。我聽見他們喃喃說道：「這是怎樣的力量呀！我們的叔叔真是特別！」

弗洛在一旁咕噥道：「對，真是特別！看起來就像個大笨蛋，不過確實很善良⋯⋯但願這已經足夠！」

另一邊，騎士聽了有關攫心巫的卑鄙行徑，憤怒不已：「這個陰險的傢伙！要是讓我找到他⋯⋯一定要他好看！」

　　與此同時，我們已經來到了老鼠巷 2 號，也就是麗萍姑媽的家門前。

　　一如往常，風兒傳來了

一陣甜美的花香。

　　麗萍姑媽喜歡花兒。她的花園裏總是開滿了各種芳香四溢的美麗花朵，四季不斷。花朵輪流盛放，點綴着草坪和花壇，色彩繽紛，真是一幅奇妙的*風景畫*呢！

　　麗萍姑媽張開雙臂迎向我們：「我的寶貝姪兒，謝謝你來！你快看看都發生了什麼事？」

　　說着，她便把我們帶到了屋子後面。在那裏，還掛着昨天洗完的衣服，可是……**它們全是灰色的！**

我抱了抱她：「親愛的姑媽，這真的很奇怪……誰知道究竟是怎麼回事！但別擔心，有我們在……」

騎士立刻單膝跪地：「女士，請不要害怕！我願隨時為你效勞，不惜生命保護你！」

姑媽驚呆了：「這……**不好意思，我有些糊塗了**……不惜生命？你究竟是誰？」

這時，弗洛插話，用假聲解釋道：「啊，我親愛的，不用擔心。我們正在妙鼠城拍攝一部電影。這位先生是其中一名**演員**。」

索菲娜也一本正經地點了點頭：「他只是入戲太深，對不對，騎士？」

騎士連忙回答：「啊，當然當然，我是一名演員。就是這樣。我**風雪騎士**，一言九鼎！」

麗萍姑媽還是有些困惑。她回到屋裏，而我則仔細觀察起那些衣服，不由得驚呆了：不僅是衣物，連夾子和掛着衣服的繩子……也全都變成了金屬灰色！

索菲娜和弗洛開始調查起犯罪現場，儼然一副**專家**的樣子。

我聽見他們嘀咕道：「嗯，不會有錯，就是**鉛化術**。」

「摧心巫一定曾經過這個地方。」

弗洛用手肘碰我，說：「那個巫師正在找你，你知不知道？可不是為了給你送禮或是講個笑話……**不是不是不是！**」

索菲娜接話說：「啊，那是當然。他找你是為了給你做一件皮草，確切地說，是為了鉛化你，總之，就是要把你變成一座**鉛雕像**，加入他的收藏……」

我擔心極了：「什麼？收藏？」

索菲娜扶了扶架在喙上的眼鏡：「嗯？我不是告訴過你嗎？你到底有沒有在聽？當然啦，他專門**收集**奇幻英雄：他們都在你之前遭

149

到鉛化，成為他的收藏品，陳列在灰暗城堡裏，用來炫耀。女皇擔心你也會和其他英雄一樣遭受如此厄運，所以才會囑咐我們陪在身邊，**助你一臂之力。**」

隨後，她便開始向我描述起巫師收藏品裏的每一位英雄：「第一個被鉛化的是來自綠柏國的阿爾弗雷德里奧，接着是英勇的鵝絨騎士，第三位是利箭爵士，第四位是……」

我趕緊打斷她：「夠啦夠啦！你是要嚇死我嗎？你們覺得，我到底能不能成功呀？」

索菲娜**抓了抓自己的羽毛**，神情嚴肅：「坦白說，如果你再不動筆，那我真的懷疑，你不可能完成這項**壯舉**。」

弗洛伸了伸手臂，憂心忡忡：「這個嘛，我們當然希望你能成功！但你是在不務正業……」

我不禁反駁說：「可是我不能在麗萍姑媽最需要我的時候扔下她不管！你們也看見了，究竟發生了什麼！我怎麼可能只顧自己寫書呢？」

說完，我便湊到那些衣服前，近距離觀察起來。這時，一隻襪子掉在了我的腳爪上，我不禁尖叫：「哎呀呀！怎麼這麼重呀！

哎呀！哎呀！哎呀！」

看來已經沒有任何希望：它就是鉛做的，**結結實實的鉛！**

我們還一起仔細檢查了周圍灌木叢中的燒焦痕跡。

索菲娜判斷：「我敢肯定，有確鑿證據表明，這些痕跡就是那頭**可怕**巨龍的傑作，還有那個邪惡的……」

弗洛一臉苦笑，進一步解釋道：「一定是鉛火龍幹的，就是攝心巫的坐騎，會飛。」

就在這時，孩子們在附近**檢查**完回來了：有壞消息。

只聽班哲文說道：「附近鄰居的東西也變成了

鉛，有太陽傘、花盆連同裏面的花、吊牀⋯⋯」

翠兒又補充：「大家都問了很多問題！甚至還有一輩記者對着現場不停拍攝！」

記者 ?!

咕吱吱！聽到這個消息，我立刻騰地一跳，躲進了樹叢。我不能被他們發現的呀。你們知不知道，我在妙鼠城可是家喻戶曉呢！

我正思索着該怎麼辦，突然手爪碰到了⋯⋯一隻又肥又大的腳！

啊！啊！在樹叢中，怎麼會有一隻**大腳**呢？

我不禁抬頭望去，看見⋯⋯看見了我最害怕看見的東西：一隻巨型、碩大、強壯、可怕的⋯⋯

我不禁大喊：

「妖怪怪怪怪怪！」

這隻妖怪到底一共吃掉多少個蘋果？快來數一數！想知道答案，就繼續往下讀吧！

專吃蘋果的妖怪

我飛也似地衝向朋友們，邊跑邊叫：「**有妖怪啊啊啊啊啊！**」

索菲娜和弗洛立刻捂住我的嘴巴，班哲文和翠兒也示意我安靜。至於風雪騎士，則已拔出了劍。

啊，幸好有他在！

索菲娜卻悄聲說道：「騎士，快收回兵器，我們不能引起圍觀，你忘了嗎？如果被發現，我們就得把大家進行**奇幻魔法處理**！而且還有記者在！」

雖然壓低了聲音，我還是反駁道：「喂，這裏有一個妖怪呢！都什麼時候了，你還關心那把劍？！」

弗洛指了指散落一地的**十二個蘋果核**，說：「小老鼠，你看見了嗎？我告訴過你，那是專吃蘋

牠又把我扔回給了同伴！

索菲娜的臉色刷地一下變得慘

白，喊道：「啊不，大英雄！牠們是

貪玩的蘋果妖怪！只有一樣東西更能吸

引牠們的注意……投擲！只要投得動，

任何東西或是人都會成為

牠們的玩具！」

弗洛的眼角

已經滴下淚珠：

「這下完了，大

英雄。可是，天下

沒有不散的宴席。」

他又繼續說道：「真遺憾！其實我真的很喜歡你。我都已經肯定，你馬上可以動筆開始寫……這命運太殘忍！」

這時，班哲文打斷了他：「你胡說什麼呀！那可是我們的叔叔……」

翠兒也說：「他從不放棄自己……我們也不會放棄他！」

弗洛認真地看着他們，隨後擠了擠眼，說道：「沒錯！你們已夠資格成為奇幻英雄的助理。很好，那現在我們該做什麼？」

索菲娜急着說道：「得找些吃的給那兩個怪物，我說的吃的，當然不是我們的大英雄！這樣就能轉移蘋果妖怪的注意力……除了蘋果，牠們只愛一樣東西：果醬！但在這裏，可想而知是有多難……」

我（此刻正腦袋朝下倒掛着）靈光乍現：「你們是說果醬？快啊，班哲文，快跑回家。麗萍姑媽剛做了果醬餡餅，我在這裏都能聞到香味！」

　　只見班哲文如閃電一般衝進了家門。

　　隨後，我又大喊：「快，翠兒，快到食品櫃裏把姑媽上周做的果醬罐頭全都拿來！」

　　翠兒也照我的話做了。

　　這時，**騎士**有些急了：「奇幻英雄，那我呢？我又能做些什麼？」

　　其中一個怪物正用食指尖把我轉來轉去，我問騎士：「你的**射箭**技術如何？」

　　只見他、弗洛和索菲娜面面相覷。

　　我指了指班哲文和翠兒。此時，他們已拿來了全部的餡餅與果醬。我大喊：「你得用那些甜食瞄準這兩個怪物的大嘴！你看着吧，牠們一定會喜歡！

沒有誰能抗拒麗萍姑媽做的美食！」

　　就這樣，我的伙伴們拿起覆盆子餡餅、草莓、香橙和藍莓果醬球，開始對着妖怪的嘴巴一陣狂射。有一顆正好砸中了我臉。嘖嘖嘖，太好吃啦！

此時，麗萍姑媽跑了過來，焦急地喊道：「我的甜點啊！你們這是在做什麼？」

話音剛落，她便嚇得目瞪口呆。在她面前，兩個巨型怪物正把我拋來拋去，而牠們的臉上已經塗滿了各種果醬。

弗洛連忙解釋：「啊，這些都是電影演員，導演正是我們的這位騎士，嗯⋯⋯」

姑媽恍然大悟，説道：「啊，你們早説嘛！我這就在花園裏準備一張桌子，讓大家一起來吃早餐！」

幸好，兩個怪物愛極了甜點。收到姑媽的邀請，牠們更加高興了呢！

蘋果妖怪們小心翼翼地把我放下到地面，騎士則開始批評牠們，説牠們的舉止一點也不雅觀。

別光顧着吃！你得寫下來！

蘋果妖怪們終於明白過來：我就是牠們要找的那位奇幻英雄，刷地一下，臉變得通紅，一直紅到了腳趾呢！牠們還齊齊下跪，對我說道：「大英雄，真是太對不起了！我們該怎麼做才能彌補過錯呢？」

牠們又巨大又肥胖，但此刻卻像兩隻惡作劇後承認錯誤的小老鼠。於是我說：「好啦好啦⋯⋯你們快和我們一起吃早餐，然後一邊吃，一邊說說你們的故事。怎麼樣？」

兩隻怪物立刻按照我說的做了。就這樣，牠們開始說起了自己的故事，而我，也親眼看見牠們「啊嗚」一口把三塊半餡餅全都吞了下去！

真是太不可思議啦！

牠們的故事讓我聽得出神。這時，索菲娜向我射來了目光：「嘿，大英雄，你這是在做什麼？你不會是不想救女皇了吧？」

聽見她的話，我大吃一驚，連忙回答：「你怎麼會這麼說？我這不是在收集有用的創意素材嘛！

我是在聽我的**人物……**」

　　沒等我說完，弗洛就叫了起來：「你說什麼？你居然還在收集材料？！要是這麼慢，我們肯定完蛋！你難道忘了時間有限？你這是打算做什麼？拍攝電影花絮？來個服裝試鏡？小老鼠啊！都已經過去幾個小時了，你居然連一個字都還沒寫！明明已經有了那麼多靈感：變成鉛的衣服、騎士、妖怪……

你需要的只是動筆開始寫！」

　　索菲娜又說道：「大英雄，是時候面對空白書頁了。快抓起筆，現在就寫！要是你不知道該怎麼開頭，就用『從前』嘛……畢竟這可是最經典的開頭，怎樣都不會錯。加油，趕快*行動起來！*」

　　於是，我立即翻開書本，拿起我的筆，躲到角落裏開始思考。

　　索菲娜和弗洛說得沒錯：一旦起了個頭，就自然能寫下去，*一詞一句*都會慢慢浮現……

沒過多久，我就思如泉湧，
不停地寫啊寫啊寫啊寫啊寫⋯⋯

　　我寫到了創意女皇是如何出現在我的夢境、寫到夢幻圖書館、寫到弗洛和索菲娜，還有和兩隻怪物的相遇⋯⋯所有這些看似荒誕且毫無關聯的奇怪事件，其實都彷彿拼圖碎片一般：只要用正確的方法將它們拼到一起，一則**難以置信的精彩故事**就會躍然紙上。

　　我一邊寫，一邊用眼角的餘光撇見兩隻怪物正在騎士的指揮下收拾花園⋯⋯
弗洛每隔兩分鐘就會來查看
我的情況⋯⋯

「怎麼樣？你有沒有在創作？記住了，要大量運用**想像**！」

他呆在我身後不走，唸了我寫的東西：「什麼？就這些？我還以為是什麼更有創意的東西呢！」

我就快寫完了，他卻用手爪指了指書頁，說道：「你這是在抄襲！不可以這樣！」

我終於說完兩隻怪物的**故事**，放下了筆。只聽他歎了口氣，說道：「行吧，但願能達到要求！」

我抬頭看了看天空，隨後轉向索菲娜，憂心忡忡地說道：「但願這能奏效！」

索菲娜清了清嗓子，神情莊重地打開懷錶，看了看裏面創意女皇的迷你畫像。突然，她的雙眼閃出了光芒，激動地喊道：「我們的女皇已經開始恢復 正常的色彩啦！」

　　索菲娜、弗洛和我緊緊擁抱在一起，他們的圍巾和帽子也就此滑落到地上。

　　此時，麗萍姑媽就坐在附近。看見眼前的景象，不禁尖聲說：「哇！這些**戲服**真精緻。你們看起來真像一隻貓頭鷹和一頭雪貂！」

　　我差點把一切真相告訴姑媽，但索菲娜卻指了指秒錶。

　　時間緊迫！我們必須繼續執行**任務**。

　　索菲娜轉身看向兩隻怪物：「親愛的朋友們，現在我們必須繼續執行任務，拯救創意女皇。刻不容緩！我們稍晚些時候再回來，會負責把你們送回家！」

　　弗洛則叮囑牠們：「**可愛的小妖怪們**，你們可以四處轉轉，但千萬別引起太多注意，明白了嗎？！」

　　我吱吱叫道：「什麼？四處轉轉？你居然會以為牠們這樣出去，不會**引起注意**？」

弗洛聳了聳肩：「啊，我說大英雄，你怎麼這麼討厭！你和索菲娜，我都不知道哪個更糟⋯⋯」

與此同時，兩隻怪物正高興地向麗萍姑媽告別。姑媽已經把剩下的所有果醬罐頭都給了牠們。

她說道：

「這些演員真是好孩子！

他們不過是胃口大了些。下次你要是看見他們，讓他們隨時來家裏做客！」

我和兩隻怪物會心地對視了一眼，隨後說道：「當然啦，姑媽！只可惜他們住得太遠⋯⋯」

貓女巫的對決

就在這時，我的手機響了。原來是賴皮。自從他開了一家薄餅店，就會每天給我打電話，讓我開發新產品！

我立刻按下了自動回覆鍵：「非常抱歉，現在我不方便接聽電話。稍後會立刻回撥給你。」

就這樣，我們離開了麗萍姑媽家，開始在城中遊蕩，尋找其他奇幻人物，而賴皮就是不肯甘休。

此刻，我們已來到會唱歌的石頭廣場。一條短信出現在了手機螢幕上：「表哥，快回電。有件事很急，啊不，是十萬火急！

快回我電話話話話話話！」

唉，真受不了！賴皮總是這麼誇張！

我隨後來到一個安靜的角落，給他打電話。

鈴聲才響了一下，賴皮就立刻接了起來：「謝利連摩，你得幫我一個小小忙……你快來我這兒！今天一早，我去我那個朋友那裏拿一種特殊的**有機麵粉**，用來做薄餅。那個朋友叫桶托皮，啊不，是叫桶圖奇奧，就是有磨坊的那個，在妙鼠城外……」

我不禁歎了口氣：「*知道知道，你究竟要跟我說什麼呀？*」

他接着說了下去：「接着我又去取了**特級初榨橄欖油**，很好吃的那種，你知道我說的是什麼，對不對？」

我又催促道：「*知道知道，你究竟要跟我說什麼呀？*」

「然後我又去我朋友維嘉妮娜・素食鼠那裏摘了些新鮮**番茄**。那些肯定是有機的嘛。這樣一來，薄餅就會有一種特殊的味道，你明白嗎？」

我變得越來越不耐煩：「*知道知道，你究竟要跟我說什麼呀？*」

「材料幾乎都齊了，就只差莫澤雷勒乳酪。每

天早上都會有最新鮮的乳酪運到我這兒。這樣薄餅的**味道**就會更加特別，你知道我在説什麼吧？」

這時我已忍不可忍，不禁尖叫：「夠了夠了！我還忙着！到底是什麼事這麼急？」

他也不高興了：「喂，你現在是鬍子硬到能讓你橫着走路了嗎？你這是要去拯救地球嗎？！總之，我當時準備好了所有食材，已經點燃店裏的爐子，卻發現怎麼**熱得那麼誇張！**」

我回應道：「你説了半天，這和我有什麼關係。難道你是擔心薄餅會焦了不成？！」

他大喊：「什麼呀？！不只是薄餅的問題啦！是有一件怪事！你知道嗎，烤爐裏的石壁因為熱力太高，居然開始**融化**了！」

我試圖打斷他：「那你關掉烤爐不就好了嘛！」

他尖叫：「我試過啦，可是根本關不掉！就好像爐子底下有誰不停在用**噴火器**吹着火焰一樣。我趕緊把爐門關上，不然我的鬍鬚都要被燒光了呢！」

這時我突然想到，也許真有什麼**古怪**的事發生

　　弗洛和索菲娜曾看過無數場**巫師**決鬥，經驗豐富。他們一看見路上有車停下，便立刻躲了進去。就連行人也紛紛駐足，好奇究竟會發生什麼。

　　與此同時，班哲文開始安撫大家的情緒：「各位先生、女士，請大家儘量待在室內……

我們正在拍攝電影！

　　翠兒又說：「拜託，請大家盡量找地方避一避，我們可不希望大家……出現在鏡頭裏……」

　　與此同時，我聽見路鼠紛紛發出讚歎：「哇，這部電影的特效真厲害！」

　　有誰試着拍下照片或是影片，但索菲娜一臉嚴肅，揮舞起她那枝金色筆。頓時，所有手機都停止工作了好幾分鐘，彷彿中了魔法一樣。

　　翠兒連忙解釋：「……大家知道，我們正在使用無人機進行拍攝，會**干擾信號**……」

　　與此同時，大家看到眼前的景象，全都閃到了一邊……除了我！

　　我想找個安全的角落躲起來，可就在這時，突然被別的什麼，啊不⋯⋯是別的誰打了一下！

　　我抬起頭，乍看之下，以為是個巫師，但定晴一瞧，才發現居然⋯⋯

又是一隻貓？！

　　弗洛和索菲娜從遠處朝我大喊：「快，快閃開！別再像個大笨蛋一樣啦！翡翠貓女巫（翡翠國女王）和綠松石貓女巫（綠松石國女王）正發生口角。你就別在她們中間！」

　　我絕望尖叫：「口角？真的嗎？！」

　　風雪騎士嚴肅地點了點頭：「沒錯，奇幻英雄。從很久很久以前，她們兩位就開始了無休止的決鬥，

因為她們都想證明自己的變形術才是屬害的。快看⋯⋯」

霍霍霍霍霍霍！

只見翡翠貓女巫發射出一道強光，擊中了一幢舊樓的正面。屋頂上那些石頭做的滴水獸紛紛飛了起來！

隨後，她衝着綠松石貓女巫大喊：「有本事就超過我啊！」

奇幻噴霧，快快起效！

綠松石貓女巫爆發出一陣大笑：「超過你？輕鬆！簡直是小菜一碟。」

很快，她就向另一幢樓射出一道閃閃發亮的強光。很快，窗户就移動起來……它們居然變成了一對眼睛般在眨眼！還有大門，居然變成了一隻張開的血盆大口！

整幢大樓居然有了生命！

翡翠貓女巫聳了聳肩：「哼，別得意……我看你根本沒什麼想像力。讓你瞧瞧我的厲害……」

她們兩個正把妙鼠城弄得天翻地覆，而我們則盡全力搶救一切！

我和翠兒開始幫助路上的民眾找地方躲避。

班哲文則大喊：「不用害怕……嗯……這些都

只是電影拍攝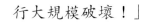……」

　　但是，那些鼠民反而越來越驚慌失措……

　　有老鼠甚至驚呼：「你們快看！她們正在進行大規模破壞！」

　　　　　　另一隻老鼠又說：「希望那些建築物都已經買了保險！」

翠兒有些沮喪：「看來我們是無能為力了。我們的謊言已經被識破。誰也不會相信這是在拍電影。

我們必須
對大家進行
奇幻魔法處理！」

班哲文不禁驚呼：「什麼?!不行行行行！」

隨後，他又問道：「額……這到底是什麼意思？」

索菲娜扶了扶眼鏡，解釋道：「孩子們，不用害怕。這是一種特別的處理（一點都不痛苦！），讓他們忘了自己看見的一切奇幻事物……不過，現在還不是時候。我們得在大結局之後才對大家進行奇幻魔法處理！」

弗洛拍了拍手爪：「沒錯！我們只需要暫時噴一些奇幻噴霧，就能爭取到時間。」

就在這時，一位鼠民說道：「這些特效真是太不可思議了！」

奇幻噴霧

奇幻噴霧是一種無害的香水（非常好聞，洋溢着茉莉花的清香！）。一旦被噴到，就會分不清現實與奇幻，這有助爭取時間。它的效果只有短短幾個小時。（但足夠維持到大結局，到那個時候再進行奇幻魔法處理！）

揉一揉，聞一聞，
你就能嗅到
奇幻噴霧的香氣！

這時，他身後的表弟一被一道綠光射中，正變成……一隻青蛙！

索菲娜沒有片刻遲疑，拿起奇幻噴霧就朝老鼠的臉蛋**一陣狂噴**。隨後，她問對方：「你表弟在哪兒？你剛才在找他……」

老鼠回答：「嗯？我表弟？他一定是去買冰淇淋了……」

班哲文和翠兒默契地對視了一眼，然後也要帶備幾罐奇幻噴霧：它們一定會派上用場！

這時，索菲娜來到我身邊，在我耳邊悄悄說道：「大英雄，你是在做筆記，還是在寫故事呢？」

我不禁尖叫：「什麼？我要躲避那兩個貓女巫的進攻，你讓我怎麼寫呀?!」

事實上，兩個貓女巫還在繼續決鬥，根本沒有停下的意思！

只聽綠松石貓女巫大吼一聲：「看看這個！你不可能超越！」

嗶嘀嗶嘀嗶嘀嗶嘀嗶！

只見一個紅綠燈暫態變成了一棵閃閃發光的糖果樹！

這時，翡翠貓女巫又揮起了她的魔法杖，說道：「看這裏！」

此時，剛好有一輛計程車停在了紅綠燈前……它居然被變成了一輛**馬車**！路上的鼠民紛紛驚愕不已！

弗洛和索菲娜快速跑過城中的大街小巷，一邊灑着噴霧，一邊大喊：

〈奇幻噴霧，快快起效！〉

與此同時，綠松石貓女巫也尖叫起來：「這有什麼稀奇的！有本事超越這個呀！」

只見她射出一道強光，擊中矗立在廣場上的紀念碑，把它變成了一頭**暴龍**，還戴着一頂巨大的小矮人帽！

咕吱吱，我們真是麻煩大了啦！我感到萬分沮喪：我的城市只能聽任那兩隻可惡的貓擺布！她們實在太過分了啦！

185

我知道，就連我自己也可能被變成一隻蛤蟆，可是，我不能任由自己的同胞陷入這樣的恐慌。於是，我鼓起勇氣，大喊道：「翡翠貓女巫！綠松石貓女巫！我是奇……嗯……奇幻英雄！我要求你們立刻停止！你們正在摧毀這座城市！」

霎那之間，**萬籟俱寂**，安靜得都有些不真實了……甚至連暴龍也一動不動，只是看着我。我不是在做夢吧？！

還有四周的所有鼠民，全都朝我投來驚訝的目光。

隨後，他們開始七嘴八舌……

「那不是史提頓嗎？那個記者？」

「是啊，就是他！正是他！」

「他好像不怎麼適合演戲吧！」

咕吱吱，討厭啦！這下大家都認出了我！
該怎麼辦？

我來到鼠民們的跟前，想要回答他們的問題……幸好我往前邁了一步，因為……

霍霍霍霍霍霍霍霍！

有什麼東西擦過了我的腦袋，拂過了我的毛皮！

我躲開了可怕的魔法強光，怒吼道：「真是夠啦！你們要決鬥，就到別處去！趕緊給我走開！」

就在這時，我發現她們兩個就在我面前，還一臉疑惑地看着我。

所以，剛才並不是她們在攻擊？

那又會是誰呢？

是誰要對我下如此毒手？

永遠不要低估兩隻貓的力量！

我抬頭看去，發現在我頭頂上方有一對灰色的雙眼，它們屬於同樣灰暗的一條巨龍。

更糟糕的是，巨龍的身上還有一個用鉛製的鞍坐，而騎在上面的，正是……

「摧心巫！」弗洛一邊大喊，一邊躲到了我的手爪後面。

只聽摧心巫唸唸有詞，聲音沉悶，彷彿融化了的鉛：「你就是奇幻英雄？我還以為我要面對一位真正的英雄，沒想到……哈哈哈！」

隨後，他將鉛尺指向了我。

就在這千鈞一髮之時，兩隻貓女巫竟擋在了我面前！

其中一隻大喊：「喂，誰給你的膽子，竟敢搶我們風頭？」

另一隻更是添油加醋：「你以為你是誰？」

摧心巫大發雷霆，厲聲說：「你們給我小心點！

我是無敵摧心巫，
誰敢擋我道，
就要他好看！」

直到這時，兩隻貓才認出了他。

綠松石貓女巫喵喵叫道：「是我有眼不識泰山。求求你，千萬別**把我變成鉛**！」

翡翠貓女巫卻用手肘敲了敲她：「喂，我們是兩個，對方他只有一個哎（*那條龍可不算！*），我們一起好好教訓教訓他好嗎？我們是貓女巫，**怕他什麼**！現在正是時候，給他點顏色嘗嘗！再說了……別怪我沒提醒你，創意女皇把我們派來這兒，是為了幫大英雄一把，並不是讓我們一直這麼**打鬧**下去，難道你忘了？在遇到他之前，我們隨便鬧鬧也就算了，但現在大英雄就在我們眼前，鬍鬚、毛皮都看得一清二楚，我們是不是應該全力以赴幫助他呀？你說對嗎？」

綠松石貓女巫刷地一下紅了臉，喃喃說道：「你說得對……」

弗洛也急忙表示讚許：「說得好！別光顧着決鬥了，趕快想辦法對付那個**巫師**吧！但願他不會燒掉大英雄的一根鬍鬚。」

　　班哲文和翠兒又說：「這個主意真棒！你們可以團結一心，共同對付壞蛋呢！我們最愛的超級英雄就總是這樣，而且每次都能成功啊！」

　　這時，索菲娜把我拉到一旁，在我耳邊悄悄說道：「唏，我覺得馬上就要發生驚天動地的一幕：兩隻貓女巫與邪惡摧心巫的對決！這絕對**值得紀念**，值得寫入你的小說！如果我是你，一定會把這個靈感變成值得紀念的傑作……你的功勞將不止是拯救創意女皇，還會名留青史。**啊，這真是一個千載難逢的機會啊！**」

　　我點了點頭，因為她說得沒錯。於是，我很快拿出筆，聚精會神等待着這場對決開始。

霍霍！！

摧心巫先上前了一步：他拔出鉛尺，快如閃電，將綠松石貓女巫的掃把變成了鉛。

之前，她還舉棋不定，此刻，卻已下定了決心。只聽她對同伴喊道：「喵喵喵！我會和你並肩戰鬥，讓這個吹牛的傢伙好好嘗嘗我們的厲害！」

摧心巫爆發出一陣大笑：「你們就是兩隻一無是處的貓女巫，別白日做夢了。沒有誰可以阻擋我，更不用說是兩隻不中用的貓。坦白告訴你們吧，我都不需要動用鉛尺規，因為你們根本不配！

沒有誰敢真正向我發起攻擊！哈哈哈！」

但兩隻貓女巫已決心展現實力！

只見她們拔出各自的魔法杖，然後一起唸出咒語，將兩束神奇的光合而為一，形成一道無比閃亮的強光。

頃刻之間，伴隨着一記可怕的轟隆聲，一股強勁的彩色旋風從平地升起，朝着摧心巫捲了過去。

這種場面，任誰看見了，都會歎為觀止！雖然要用文字來展現這麼緊張的氣氛和這麼**激烈的對決**，一點兒也不容易，可我還是使出渾身解數，盡力還原眼前的畫面。

面對這股漩渦，摧心巫有些措手不及，根本沒時間反應。

龍捲風不偏不倚將他**擊中**，

「呼」的一聲就把他給捲走了，彷彿被颳走的一根羽毛。

我也有些措手不及呢：那兩隻小貓居然成功了！真是難以置信！故事發生了意外轉折，推動了情節發展！

我搓了搓手爪，**奮筆疾書**寫下最後一段。這時，翡翠貓女巫卻將拐杖指向了我，告誡我說：「聽着，大英雄，現在可不是高興的時候！我承認，我們出師不利，剛才沒立刻認出你來。誰讓你看起來一副大笨蛋的模樣呢？但不管怎樣，我們盡到了自己的職責，而且看起來，我們還給你的故事提供了**靈感**。」

　　我不禁點頭。這時，綠松石貓女巫又接着說了下去：「但你可能不會相信，攝心巫絕不是那麼容易能夠阻止的。我們已經為你爭取了一點時間，但那個邪惡的巫師遲早會捲土重來。」

　　翡翠貓女巫又補充道：「沒錯，他早晚都會回來，只是時間問題。你最好抓緊時間，如果沒有其他需要我們做的，那現在我們要繼續決鬥了……」

　　「給我停！」弗洛大喊，「女皇有令，你們必須冷靜，不能再進行決鬥！」

　　「啊，不要！」兩隻貓女巫異口同聲地叫道，「我們已經幫助了大英雄，這可是大家都看見的。為什麼就不能繼續決鬥？」

給我停！

　　索菲娜抬了抬嘴巴上的眼鏡，沒好氣地說道：「規矩就是規矩，女皇說得很清楚。

你們可不是在自己家，可以任性胡鬧！」

　　只聽綠松石貓女巫喵喵叫道：「那好吧⋯⋯我只聽女皇的命令。」

　　就這樣，她們答應會盡量克制，不亂施魔法，然後一邊聊着，一邊漸漸走遠。我呢，則坐在角落裏，繼續寫下去。

　　目睹了在眼前發生的一切，我覺得自己又有了動力！

靈感再次出現，於是我不停地寫啊寫啊寫⋯⋯

　　當然，我還是在索菲娜的注視之下寫作。她一直都在好奇地打量着我呢。

　　她還會不時查看女皇的畫像，然後對我説：「繼續繼續，女皇正在恢復正常顏色，灰色的部分已經越來越少了，真的奏效啊！」

從天而降的公主

　　寫完之後，我便很快放下筆，合上金色書本，召集起大家：「快，我們得去賴皮那兒，越快越好。他不停給我發來消息……烤爐已經越來越熱，還發出奇怪的聲響！」

　　弗洛卻不同意：「不好意思，大英雄，你還有重要的任務要完成。

你得拯救女皇。

像幫你親戚修烤爐這樣的事，難道是現在該做的嗎？」

　　我也反駁道：「正因為我是一名英雄，才不能眼睜睜看着自己的表弟陷入麻煩。我剛寫完一整章關於兩隻貓女巫的故事，現在就不能休息一下嘛。說不定這一路上我還能找到新的靈感源泉呢。何況

是女皇讓我在最出其不意的地方尋找奇幻的東西。說不定就在我表弟的薄餅店呢？」

就這樣，我和兩位想像顧問、班哲文和翠兒，還有風雪騎士一起，繼續探險。

我們還沒走多遠，利嘴鴉，就是攧心巫的那隻烏鴉啦，就朝我們猛撲過來。

「喂，你們幾個，把我的主人弄去哪裏了？現在就讓我來收拾你們！」

索菲娜抬了抬眼鏡，目光堅定，對大家說道：「就把他交給我吧！

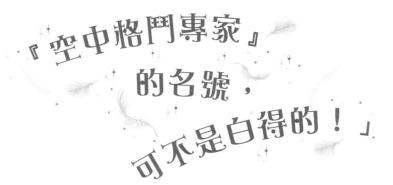

『空中格鬥專家』的名號，可不是白得的！」

「任務時間緊迫，你們繼續向前。收拾完這個傢伙，我就立刻同你們會合！」

我們的鼻孔都還向上朝着天空，這時又不知從那兒冒出了**水銀喵**。

只聽他喵喵叫道：「啊哈，快看啊，現在可不止一隻小老鼠了，居然有了三隻！個子不大，但這反而更好，說明他們的肉更鮮嫩。**噴噴噴！**」

我吱吱叫道：「風雪騎士，我們需要你！」

風雪騎士沒有片刻遲疑：「奇幻英雄，請儘

管放心。保護弱小，是騎士職責所在！我曾莊嚴**宣誓**，如今終於有機會兌現承諾！」

他拔出利劍，準備戰鬥，就在這時……一位美若天仙的少女，戴着一頂華貴的鑽石皇冠，長了一頭**金色的秀髮**，突然出現在我們面前，還猶如旋風一般，朝着水銀喵衝了過去！

只見她左擊一下，右打一下……

我們個個看得瞠目結舌。她看起來就像是一個再正常不過的公主，沒想到**戰鬥力**卻如此超羣。

這實在出乎水銀喵的意外……坦白說，我們也沒想到呢！

弗洛喃喃説道：「**多麼利索！多麼優雅！多麼厲害！**」

不到兩分鐘的功夫。公主已經擊倒了肥貓。沒花一分鐘，她又熟練地將對方反綁在自己的斗篷裏。「這樣他就會乖乖聽話了！」

風雪騎士不禁歎了口氣：「啊，不！我又失去了一次展示實力的機會。這不公平！」

少女轉過身，對他說道：「你說得沒錯，我真該等你先……」

騎士不禁結巴起來，說：「啊……我願犧牲生命來保護你……這是每一名騎士對公主的承諾。」

少女卻聳了聳肩，說：「沒錯沒錯，不過，也許我得改變一下你的想法。在今天這個年代，公主們可以自己拯救自己！更確切地說，

本公主花迪露，剛才還救了你們！」

風雪騎士瞪大雙眼，不禁流露出仰慕之情：「從今以後，我的心臟只為你而跳動。我曾夢想一位美

麗迷人的公主，而現在，我找到了一位勇敢、自由、獨立的女孩！」

轉眼他的眼神突然暗淡了下來，說：「如果我被召來不是為了拯救公主，那真正等待着我的**偉大使命**又是什麼呢？難道此生我注定平庸，只會碌碌無為呢？」

我連忙安慰：「我親愛的朋友，也許你在這兒，是因為一件更重要的事。也許你在這兒……是為了**支持**我，支持奇幻英雄。誰知道前方還有多少危險正等待着我呢？」

騎士感動不已，大聲說道：「奇幻英雄，我願永遠為你效勞！」

這時，公主突然露出了好奇的神情：「難道，你就是奇幻英雄？**那位奇幻英雄？**那我非得跟着你不可！創意女皇把我派來，就是為了給你提供靈感。而且，我一直都希望開啟一場真正的冒險，需要勇氣的冒險！我就先把肥貓留在這兒，反正他已經不能動彈，就像斯卡莫澤乳酪一樣。晚些時候

我再回來收拾他……」

弗洛湊到我耳邊，低聲說道：「關於騎士和公主，難道你連一個字都沒留下在金色書本上嗎？我說這一定是**命運**的安排，讓他倆跟着我們，也許在之後的故事裏，他們還會給你更多靈感！」

我和弗洛對視了一眼，點頭說道：「這是當然。我們的隊伍越龐大，就越好。只要眾志成城，一定能為創意女皇圓滿完成這項偉大的**任務！**」

就這樣，我們又走上了妙鼠城街頭。坦白說，我們大家湊在一起，真是一個

奇異的組合……

有戰鬥力極強的公主、有銀甲騎士、有老鼠作家和孩子們……還有會說話的雪貂和貓頭鷹（如今連偽裝都已省去！）。

對了！說到貓頭鷹，此時索菲娜已經追上了我們。她得意地說道：「差點讓那隻**烏鴉**逍遙法外！幸虧我痛打了他一頓！」

搗蛋攻擊的訣竅

　　此刻早已過了午飯時間，我的肚子「咕嚕咕嚕」叫個不停……我正想着到了賴皮的店裏之後，該讓他給我做個什麼薄餅，這時，突然發現我們正穿過**馬克斯爺爺的花園**。

　　這怎麼可能嘛？!

　　難道我們走錯路了？!

　　剛才我完全沉浸在自己的思緒裏，便讓索菲娜帶路。我以為像她這麼細緻，一定會把大家帶到目的地。

　　我卻忘了，她根本不熟悉我的城市呀！咕吱吱！

　　我真希望爺爺不在，不然他肯定有一千個問題要問我，我還得把發生的一切一五一十地告訴他……就當我以為自己能逃過一劫的時候，突然聽見一聲大吼……

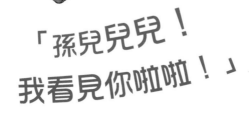

「孫兒兒兒！
我看見你啦啦！」

唉，我只好硬着頭皮向圍欄走去。

可是很快，我就發現有什麼地方不對

勁⋯⋯

他家的花園裏怎麼竟是一羣活蹦亂跳的

小傢伙呀！

「**搗蛋精靈！**」弗洛一看見

他們就大喊起來。

「有上百隻搗蛋

精靈！」

爺爺的聲音裏盡

是絕望：「謝利連摩，

快來幫幫我們！」

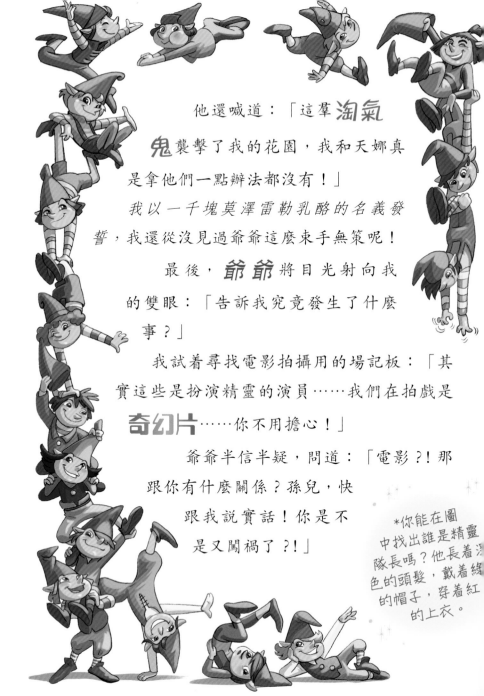

他還喊道：「這羣**淘氣鬼**襲擊了我的花園，我和天娜真是拿他們一點辦法都沒有！」

我以一千塊莫澤雷勒乳酪的名義發誓，我還從沒見過爺爺這麼束手無策呢！

最後，**爺爺**將目光射向我的雙眼：「告訴我究竟發生了什麼事？」

我試着尋找電影拍攝用的場記板：「其實這些是扮演精靈的演員……我們在拍戲是**奇幻片**……你不用擔心！」

爺爺半信半疑，問道：「電影?!那跟你有什麼關係？孫兒，快跟我説實話！你是不是又闖禍了?!」

*你能在圖中找出誰是精靈隊長嗎？他長着淺色的頭髮，戴着綠的帽子，穿着紅的上衣。

我連忙解釋：「不是不是，這不是我的錯……」

弗洛和索菲娜也說：「你不用擔心，一切盡在掌握！奇幻英雄，啊不，你的孫兒表現非常好。」

隨後，弗洛看了看我，又說道：「雪貂不說謊！呃，我是說，演員不說謊！」

爺爺不禁湊了過去，仔細打量起他來。

「雪貂？」

弗洛朝他擠了擠眼，說：「先生，你是不是覺得我的喬裝術特別高明？嘿嘿，喬裝打扮正是我的拿手絕活！」

※第 210 頁左邊直行，由下至上倒數的第三欄就是精靈隊長。

爺爺搖了搖頭：「好吧，確實看不出什麼破綻。那她呢？」他指了指索菲娜問道。

索菲娜有些不高興了，沒好氣地說道：「這位先生，難道你看不出來，我是一隻貓頭鷹……」

弗洛立刻用手爪摀住了她的嘴：「她的意思是，她把自己打扮成了貓頭鷹。」

爺爺拉了拉她身上的羽毛：「嗯，這個打扮得也不錯……」

索菲娜被爺爺拉得很痛，差點「哎呀」一聲叫出來。這時，爺爺說道：「我覺得，雪貂的那個更好，這個嘛，馬馬虎虎吧，畢竟還是能看出，這不是一隻真的貓頭鷹！」

索菲娜差一點又要反駁，弗洛再一次制止了她，說：「你說得太對了，她可沒有我這麼專業！」

我不想再聽他們爭論，於是喊道：「弗洛！索菲娜！難道你們還想繼續浪費時間嗎？那些精靈……啊不……我是說那些演員就快把這裏的花花草草全都拔光啦，還弄得泥土到處都是！我們得阻止他們！

馬上！」

　　這時，一個精靈跳到了我肩上：「喂！說你呢！你以為你是誰呀！

我們是搗蛋精靈。
不摧毀一切，我們誓不甘休！」

　　我抓起他的外套，把他舉到我眼前，說道：「我是奇幻英雄，正為創意女皇執行任務。」

　　小傢伙彈了彈我的鼻子。我痛得鬆開了手爪，他呢，則一躍**跳**上了圍欄，說道：「你是奇幻英雄？你確定？看起來，你一點兒也不像。我們就是創意女皇派來這兒幫助奇幻英雄的。除非我們能確認他就是你，你就是他，否則休想讓我們住手！這裏多好玩呀！呵呵呵！」

快住手！

隨後，他吹了一記**口哨**。忽地一下，他的伙伴們就一下子從角角落落探出了腦袋，從四面八方聚集到一起，還齊聲喊道：

「快來看，快來看，
他說自己是英雄，
可是一點也不像！」

我頭都暈了啦！那些精靈圍着我上躥下跳，比烏鴉還吵鬧，比猴子還利索，比蚊子還討厭。

他們有些拉我的鬍子，有些扯我的尾巴，還有些彈我的皮毛，不停重複說着：

「他說自己是英雄，
可是一點也不像！」

馬克斯爺爺和天娜不禁目瞪口呆，一頭霧水。風雪騎士、班哲文和翠兒已經管不了他們會怎麼想，立刻開始阻止搗蛋精靈，但是這些傢伙就像跳蚤一樣敏捷，總讓他們**撲個空**！

214

就連花迪露公主也加入了混戰……她好不容易抓住一隻精靈，就被對方輕鬆逃脫，還衝着她做鬼臉：「咧咧咧！」

我不禁大喊：「拜託，都快給我停下！摧心巫隨時可能回來！」

只聽他們的隊長一聲令下：「**別鬧了！**」

所有精靈瞬間安靜不動了。

接着，隊長從帽子底下掏出一本小簿子和一枝鉛筆，向我投來嚴肅的目光：「好吧，既然你堅持說自己是奇幻英雄，那我們就看看你是否能通過奇幻英雄的測試。」

我一臉自豪地回答：「我已經通過了三場英雄考驗！」

這時，我看見馬克斯爺爺抬起了一邊眉毛，彷彿吃驚得很（唉，要是我能把一切都一五一十地告訴他，他該會多麼自豪呀！）。

精靈隊長卻聳了聳肩：「那又怎樣？現在要進行的是**精靈測試**！我們有自己的標準！第一個

問題：如果你是奇幻英雄，那你一定已經見過創意女皇。她的天鵝絨裙子是什麼顏色？」

我自信滿滿地回答道：「她的裙子不是天鵝絨做的，而是**紙做的**。」

隊長打量我一番，劃去了小簿子上的第一個問題，繼續問道：「*第二個問題*：她的一頭金髮梳的是什麼髮型？」

我笑著說道：「不是金色的。她的頭髮就像**墨水**一樣烏黑！」

他又劃掉了第二個問題：「沒錯！」

接著，他拋出了*第三個問題*：「既然你堅稱自己是奇幻英雄，那麼請告訴我，她佩戴的銀飾是什麼形狀？」

我搖了搖頭：「那不是銀飾，而是金子做的！而且那也不是普通的首飾，而是她的**魔法筆**！」

精靈們爆發出一陣歡呼：「你真的是奇幻英雄！看來我們不能再搗蛋了，得幫你一把，給你**靈感**。請問你有什麼特別的需要嗎？快！快告訴我們！」

這個問題該怎麼回答呢⋯⋯我還來不及開口，

就先聞到了一股濃烈的蒜味，還聽見翅膀拍打的聲音，越來越近。啊，不是吧！利嘴鴉和水銀喵

又**捲土重來**啦！

我吱吱叫道：「他們又來攻擊我們了！」

精靈隊長嚴肅地看了看我，說道：「這又怎麼樣？有我們在，完全不用擔心！他們根本不是對手，因為我們有

搗蛋攻擊訣竅，能夠出奇制勝！」

於是，那兩個壞蛋剛想染指馬克斯爺爺的花園，就被幾十隻精靈團團圍住。有的拉扯他們的皮毛，有的乾脆拔了起來；有的拉扯他們的鬍鬚，還有的撓他們癢癢……

總之，只是一眨眼的功夫，利嘴鴉和水銀喵已經高高舉起雙爪投降，大喊道：「不不不，各位精靈，饒命啊啊啊啊啊！」

只聽這些小傢伙齊聲唱道：

「沒錯沒錯，我們就是搗蛋精靈！
身材玲瓏，但是力量無限！
誰要是敢取笑我們，
一定給你顏色嘗嘗！
我們全是搗蛋能手
不信你就過來試試！」

索菲娜不禁催促我道：「快啊，大英雄！還磨蹭什麼？難道你不想把這個故事記錄下來？我們還需要好多奇幻故事呢！」

於是我找地方坐了下來，打開金色書本……

我拿起筆，寫啊寫啊寫……

　　情節徐徐展開，環環相扣；人物栩栩如生，躍然紙上。整篇故事曲折離奇，但卻**引人入勝**，有妖怪、有騎士、有貓女巫，現在又多了花迪露公主和我的新朋友——搗蛋精靈，一定能讓讀者緊張得**屏住呼吸**……

　　索菲娜就在我身邊。她又看了看女王的畫像，不禁鬆了口氣：「很好啊，真的管用……」

　　可是，馬克斯爺爺突然湊到我了身邊，看起來兇巴巴的樣子，說：「孫兒，你到底有什麼事瞞著我？」

　　我騰地跳了起來：「啊，爺爺……這……沒錯……電影的拍攝工作確實有點混亂……」

　　可爺爺卻將金色書本從我的手中拿了過去，

219

還翻閱起來。「嗯……嗯……」

咕吱吱！因為壓力，我的鬍鬚也開始亂顫起來！

於是我問他：「爺爺，你到底覺得怎麼樣嘛？」

只聽他咕咕噥噥：「嗯……現在我明白了，原來是有**怪事**發生……現在我明白了，原來你是在執行任務，而這也不是一本普普通通的書。你想知道我覺得怎麼樣？一本還沒寫完的書，你要我怎麼評價？

還不趕快寫寫寫！

我要你今晚就寫完，這樣我們就能馬上出版！」

「奇幻噴霧，快快起效！」 索菲娜若無其事地對着爺爺噴了起來。

「沒錯，奇幻……」爺爺嘟噥着，有點摸不着頭腦，「咦，我們在說什麼呢？」

我對他微微笑道：「就和平常一樣呢，爺爺！你剛才正對我大吼……你總是這樣！」

噴噴噴！

　　天娜請那些可愛的精靈吃了點心，然後他們便和我們告別了。這下，我們終於能繼續趕路，前往賴皮的薄餅店了。

　　一路上，我們經歷了許多奇遇……我們幫一隻獨角獸幼崽找到了媽媽，看見一輛挖土機變成了一頭獅子……在不知不覺間就還用完了所有剩下的

奇幻噴霧！

更離奇的是，作為奇幻英雄，我也不知怎地就加入了一場**騎士**大比武，就在火車站前的廣場！幸好有風雪騎士和花迪露代表我參賽，大獲全勝。

我親眼目睹了這一切不可思議的事，每兩分鐘就會停下腳步，忍不住在金色書本上**記錄**下一切……

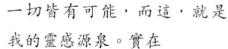

我的城市處處充滿魔法，一切皆有可能，而這，就是我的靈感源泉。實在

太奇幻啦！

索菲娜時不時就會查看女王的畫像，對我越來越放心：如今，畫像上的**顏色**已越來越豐富！

當我們終於抵達薄餅店時，已日近黃昏……我們剛踏進店門，就被店裏的熱氣悶到難以呼吸。我不禁從思緒中回過神來。

賴皮真的一點也沒誇張……

只見他迎面衝來，一臉焦急。索菲娜立刻問到：「快告訴我們，究竟怎麼回事？什麼時候發生的？在哪裏？為什麼？」

賴皮吃驚地注視着她，然後沒好氣地對我說道：「哎？這是誰啊？你朋友？怎麼這麼沒禮貌啊！自我介紹都不做，就像機關槍掃射一樣問問題！」

隨後，他扯了扯索菲娜的皮毛：「這什麼呀？**狂歡節**的服裝？看起來倒是不錯，不過和我的比還是差遠了！」

索菲娜差點上前啄他的臉蛋，幸好被我制止了：「賴皮，我之後有時間再告訴你。現在你只需要知道，我們在拍電影……你先回答問題好嗎？

223

情況緊急急急急急急急！！

只聽他咕噥道：「你也知道情況緊急嗎？我都等了你一整天呢！你看，生意都做不成了。這麼高的溫度，我真擔心會着火！」

接着他又說道：「今早我把爐子打開，心想着

到了午飯時間，能有足夠高的溫度烘烤薄餅。但我剛往裏添了柴火，就發現不對勁。當時我聽見一記奇怪的聲響，好像『咔嚓咔嚓』，彷彿是有誰在啃那些木頭。我彎下腰仔細查看，那些木柴居然消失了！於是我又往裏添了一些，但那個奇怪的聲音又出現了：『咔嚓咔嚓咔嚓』！

情況緊急！

我越來越擔心，於是又彎下腰想看得更仔細些。突然，我覺得自己好像看到了一排鋒利的牙齒，有薄餅刀那麼長，還看到了一條又紅又厚的舌頭。我嚇得拔腿就跑！真是**難以置信**！不過現在，除了太熱，其他似乎沒有異常。説出來你們也不信，對吧？」

我回答道：「我相信你。」

賴皮的眼珠**骨碌碌**轉了起來：「你相信？我是説……你沒騙我？但連我自己都不敢相信呢！為什麼你會相信我？快説，快説！」

我含糊地説道：「有機會我再跟你解釋……」

他卻不依不饒：「快説，為什麼？你是不是有事瞞着我？我要知道全部真相！到底怎麼回事？

是不是有什麼寶貝？要真有，我也得分一份，你休想**獨吞！**」

就在我們爭執不下之時，我瞥見爐子裏的火焰剛剛熄滅，柴火已經全部燒盡了。我不禁想：也許問題都解決了。就在這時，我發現爐子裏頭有個東西在動……我定睛一看……吃驚得**目瞪口呆！**

爐門居然自動打開了，彷彿一個張開的血盆大口！

更可怕的是，又長又鋒利的牙齒從兩邊探了出來！

還有一團滑溜溜的東西沿着地板不斷前伸，然後捲起堆在廚房一角的木柴，再縮回烤爐……呃啊啊啊，嚇死鼠啦！

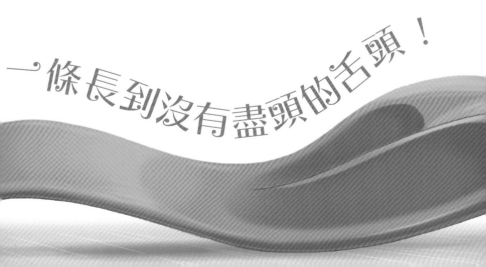

一條長到沒有盡頭的舌頭！

賴皮連忙轉身尖叫：「你們看見了吧！是真的！我早就說了，情況緊急！」

　　就在這時，一團**灰塵漩渦**吞噬了整座薄餅店。當它好不容易終於消散，我發現：原先的烤爐居然變成了一條白龍的碩大腦袋，臉上是血紅的雙眼。

　　整個廚房變成了**龍的身體**，由瓦片搭成的屋頂則變成了一對張開的翅膀……

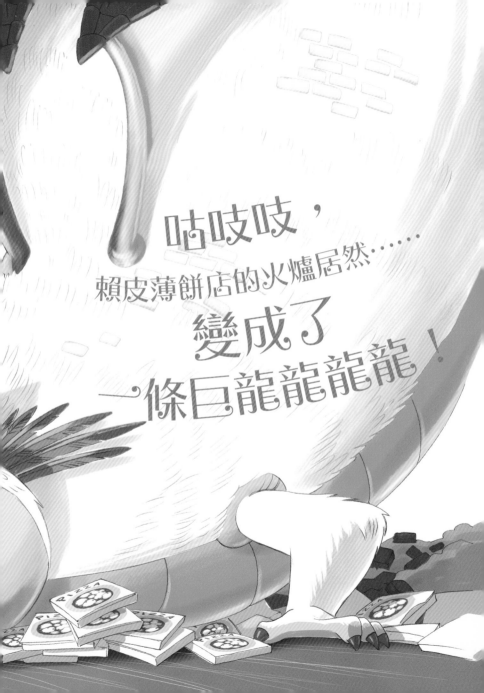

貪吃的巨龍

巨龍的雙眼彷彿兩團燃燒的火焰，此時正微微張開，注視着我們。牠又大又可怕，可是……看起來居然有些友好！

只聽牠開始發出奇怪的呼呼聲：

居然是在打呼！

班哲文和翠兒戰戰兢兢地向牠靠近，然後握起牠的一隻爪子。

巨龍只是睜開了雙眼，並沒有很大的反應。

兩個孩子一下有了勇氣，開始輕輕撫摸起牠的耳朵。只見巨龍又安靜地閉上了眼睛。

翠兒的兩眼閃爍着光芒：「叔叔你看，這條龍很乖呢！也許牠只是有些貪吃……我們能不能試着騎上去呢？」

　　班哲文也點了點頭：「就是嘛，啫喱叔叔！你就讓我們騎上去試試嘛！」

　　我喃喃說道：「可是，孩子們……這我可不能答應！*太危險了……*」

　　風雪騎士則說：「怎麼會危險……我最了解龍。這條龍讓我想起……」

　　索菲娜卻打斷了他：「別衝動！奇幻英雄說得對。這次的任務至關重要，還牽涉到大家的安全，不能輕率。我們還是再觀望一下，也讓我再思考思考。」

　　就這樣，她開始來回踱步，發出「*踢踏*」聲響。沉思了好幾分鐘之後，她對大家說道：「大英雄，根據我的記憶，沒有任何流傳下來的記載證明，有老鼠能夠駕馭貪吃巨龍。因此，我有理由推斷，如果真有誰做過嘗試，最後也沒能倖存為後世講述這段經歷。如果我記得沒錯，*龍*家族有一脈……」

　　弗洛沒好氣地打斷了她：「你說你煩不煩，索菲娜！孩子們當然不適合騎上巨龍，他們年紀太小啦！」

他繼續說道：「可是大英雄……他卻可以。難道不是嗎？」

我不禁結巴起來：「可是……為什麼非得有誰**騎上**巨龍呢？如果巨龍不願意呢？如果牠吃了那麼多木柴，消化不良呢？我才不想激怒牠呢！」

弗洛不以為然：「這個簡單。要是牠沒**把你吃掉**，就說明牠沒意見。」

我拼命搖起腦袋：「不行不行，絕對不行。根本沒有理由冒這個險嘛，而且……」

索菲娜卻突然有了想法：「可以可以，絕對可以！你們想想：如果能有一整個章節講述**勇敢英雄**駕馭貪吃巨龍，開創歷史的故事，那該有多精彩！畢竟，我們已經離大結局越來越近。你們好好想想，這一定會成為經典！大英雄，應該由你擔任這個主角，由你來結束這場偉大的任務……試着想像，這是多麼**榮耀**，多麼光輝，多麼……」

「……可怕！」我不禁尖叫，「我唯一能**想到**

的只有可怕！」

賴皮在一旁冷笑道：「我真是弄不明白，為什麼他們會叫你英雄。笨蛋表哥，你還是和以前一樣，沒出息！」

「好吧好吧！」我才不想讓他繼續說下去。於是，我鼓起勇氣，邁出腳步，走向那個巨大的

可怕怪物……

弗洛一邊鼓勵我，一邊提醒我：「真勇敢！不過，要小心牠的牙齒，看起來很鋒利呢！還有牠的舌頭。我不希望你被做成**老鼠春捲！**」

咕吱吱，此刻我已經來到了巨龍面前。我慢慢地慢慢地伸出手爪，顫抖着輕撫起牠的腦袋……只見牠伸了個懶腰，任由我撫摸！

啊，看起來還不錯呀！

於是，我壯起膽子，想要騎到巨龍背上……可這時，牠突然豎起了耳朵，還露出懷疑的表情。哎呀呀，我總覺得自己應該停下……

這時，大家催促道：「快啊，我們可沒多少時間了！快，快騎上去！**勇敢點！**」

沒錯，我需要的，正是勇氣！

就這樣，我鼓起全部的勇氣，然後……騎上了龍背！這時，巨龍騰得挺直了身體，而我呢，也一下子升到了離地十米的高度！

「**救命啊啊啊啊啊！**」我不禁大喊。

「我就知道嘛，巨龍才不喜歡有誰騎在牠身上！」

只見牠一個加速，直入雲霄，開始想盡辦法把我甩落……

看來故事真的要結束了！
這就是我的下場！

我緊緊抓住牠那對毛茸茸的耳朵，渾身顫抖。

就在這時，即使我已經腦袋朝下，還是看見地面上有**誰**正向我揮手：是風雪騎士！難道……他是要吸引我注意？

我很**樂意**按照他的意思去做……

可是，我現在命懸一線啊，咕吱吱！

這時我聽見風雪騎士大喊：「……友……龍！我……你！」

他到底要對我說什麼呀？

幸好，巨龍翻了個筋斗，正好從騎士旁飛過。這回，我終於聽清楚了！原來那些話**不是對我說的呢**……

235

「啊，我親愛的朋友！**吉紮龍！**我總算認出你了！」

他繼續說道：「千萬別傷害大英雄！我們得幫助他拯救創意女皇！」

只見巨龍忽然慢了下來，然後輕輕降落在地面。

大家全都鼓起了掌，讚歎說：「真乖！」

只見風雪騎士來到她身邊，抱住她說道：

「我親愛的朋友，你真是一點沒變！」

我從龍背上滑下，四肢已同斯特拉齊諾乳酪一樣癱軟無力，還因為頭暈噁心，臉色青綠。

更多的是驚奇，因為我看見那頭巨龍竟然展開雙唇……露出了微笑。我雖然擅長幻想……但迄今為止，還從沒見過一頭會笑的龍呢！

　　我不禁結巴：「這……你們居然認識？」

　　風雪騎士笑了：「沒錯！難怪我一看見她就覺得似曾相識！不過，直到她開始騰雲駕霧，我才真正認出她來！如果你有興趣，我可以把我們之間的故事慢慢說給你聽。」

　　我立刻拿出金色書本：

　　「等等，我要全部記下來！」

就這樣，他邊說，我邊寫……

這是一個真實的故事，講述了一名騎士和一條龍之間的友誼。騎士就是我本人，來自顯赫的勁風王朝的風暴公爵——風雪騎士。至於那條龍，當然就是愛吃薄餅的吉紫龍！

有一天，我正經過龍斯蘭迪亞大陸的**綠色森林**，想要履行崇高的騎士使命（比如保護弱小，拯救公主，對抗猛獸等等）。當時，我饑腸轆轆，就決定去一家旅店稍作休息。於是，我進入了**沙瑪龍城**，正巧趕上中心廣場的集市。那是整個國家最著名的集市，各色食物琳琅滿目：有來自遠方的異域水果，各種甜品、糕點、堅果、糖果、蛋糕，甚至還有香氣撲鼻的冰淇淋（啊，沒錯，冰淇淋！）以及珍貴**香料**。那些香料裝在密封的罐子裏，賣的時候都要先過秤，價值堪比黃金。我實在太好奇了，在每一個攤位前都會駐足研究，聞一聞，又嘗一嘗。最後，我來到了一個很奇特的攤位。那裏賣的是蛋，形狀各異，五顏六色。旁邊有一塊牌子，上面寫着：**專賣龍蛋**。賣蛋的是一隻身形魁梧的老

鼠，嘴唇上頂着又長又密又黑鬈的鬍子。

　　我不禁問道：「龍蛋？真的假的？」

　　對方點了點頭，一臉嚴肅：「先生，當然是真的。我養龍，所以才會有這些風味極佳的龍蛋。看起來，你應該從沒嘗過吧？」

　　我驚得都快說不出話：「這……還真沒有！」

　　於是他伸出雙臂，讓我挑選。只見那些蛋按照大小逐個排列，每一個蛋前面都有一塊牌子，上面寫着龍的種類和價格……有一個蛋寫着「**金龍**」，有一個寫着「**火龍**」，有一個寫着「**古索龍**」……

　　它們的價格都高得驚人！

　　最便宜的那個，也是最小的，寫着「**吉紮龍**」。

　　我的錢只夠買這隻蛋。當時我真的餓極了。

賣家把蛋裝進了一個很大的網子裏，然後將它遞給了我。之後，我重新上了馬，一路騎到一位薄餅師傅開的酒館。我進門就對酒館老闆說道：「麻煩幫我把這個蛋煎成蛋餅，我實在**飢餓難忍**！」

　　老闆立刻回應：「那你真是來對了地方！這個我最拿手！」

　　只見他抄起一個大平底鍋，正要把蛋敲碎，雙手卻突然停在了半空，一邊朝我看來，一邊**娓娓道來：**「這已經不是我第一次煎龍蛋了。當然，我不太喜歡煎這樣的蛋。吉紮龍身形魁梧，但內心永遠像個孩子。牠們很重情感，善良，溫柔，乖巧……我總是想，平底鍋不該是**龍族的**歸宿……」

　　那隻蛋依然還在半空。老闆繼續說道：「騎士先生，你知道嗎？這種龍很特別。牠們的嘴很大，彷彿薄餅烤爐，而牠們也依靠木柴獲取營養……牠們最愛吃一種食物，你知道是什麼

嗎？是**薄餅！**」

　　我不禁問道：
「真的嗎？那請你
告訴我，像這樣的蛋，
怎樣才能孵化呢？」

　　聽見我這樣問，老闆不禁露出了微笑：
「啊，只需每晚將它放到打開的壁爐旁，蓋上
柔軟的羊毛毯，然後等待像今天這樣的月圓之
夜。第二天早上，你就會收獲**驚喜！**」

　　説完，他便準備將蛋打入平底鍋，但是動
作又極其緩慢……這時，我阻止了他。

　　「等等，讓我好好想想。你還是把蛋還給
我，給我做些別的什麼送到房間吧。謝謝！」

　　後來，老闆給我送來了**五塊薄餅**（真
是太多了！）和一條柔軟的羊毛毯，説晚上會
很冷……

就在那時，我有了一個想法！

那天晚上，我把羊毛毯蓋在了龍蛋上，然後打開壁爐……誰知道會發生什麼呢……

第二天早上，一把奇怪的聲音把我從睡夢中喚醒。我睜開雙眼，發現從蛋裏居然鑽出了一條小龍，可愛又溫柔，渾身長着**柔軟的**白色皮毛，黃色的眼睛如同火焰，耳朵和翅膀則如同紅寶石一般。只見小龍抬了抬鼻子，彷彿聞到了什麼氣味……隨後，牠騰地跳到了我前一晚吃剩下的薄餅前，伸出了又紅又長的舌頭，「嗖」得一下就將它捲進了嘴裏。**「咕嚕！」**

牠轉身看向我，眨了眨眼。

「嗝！」

最後，牠來到我懷裏，打起了呼嚕，臉上還露出了**微笑**。

我們的友誼就這樣開始了。我給了牠自由。從那以後，每次相見牠都會帶着我騰雲駕霧，而我呢，也會給牠準備好許多的木柴和薄餅，讓牠吃個痛快！

美好的家庭

風雪騎士最後說道：「大英雄，你還喜歡這個故事嗎？希望對你有用！」

我連忙點頭：「當然，我按照你說的，一字一句全都記了下來！」

弗洛瞄了眼金色書本，評論道：「嗯，這幾頁寫得好多了。坦白說，前面的那些可真不怎麼樣，大英雄！

但願至少還能過得去！」

我不禁擔心起來：「啊！你是說我應該更幽默些？節奏感更強些？描述再少一些？」

弗洛儼然一副專家的樣子：「這個嘛，你聽我說……」

　　索菲娜卻毫不留情地打斷了他：「我說老兄，拜託，別再添亂啦！」

　　隨後，她把創意女皇的畫像展示到大家面前：**灰色區域**真的已經剩下很小很小很小了！

　　我和弗洛激動地對視了一眼，索菲娜也滿意地搖晃起了腦袋：「沒錯沒錯，真的奏效了！你可以再潤色一下語句，修改一些細節……但是大英雄，現在最關鍵的是大結局。請你一定全力以赴！

我們一定要做到有始有終！」

　　我卻突然犯了難：如今已沒剩多少時間了，但畫像上還有一小塊地方依然是灰色的！我需要靈感，一刻也不能等！

　　可是，究竟該上哪兒去找靈感呢？就在這時，我和花迪露公主的目光交匯了。

　　於是，我問她：「能不能跟我說說你的經歷？這樣我就能寫完奇幻故事，消除女皇身上的咒語！」

只見她對我眨眨眼，說道：「我還以為你不感興趣呢，大英雄……」

就這樣，她一邊說，我一邊寫……

「我從小生長在狼波蘭迪亞的森林裏，由一羣狼撫養長大。我知道自己是一名公主，因為狼羣在我的金色搖籃裏發現了一頂鑽石皇冠。那可是我的護身符。

自從我能照顧自己開始，便周遊世界，尋找我的家人。我想有一天，我一定能找到！與此同時，我也喜歡完成一些**偉大使命**，還喜歡拯救……文弱的騎士和落難的奇幻英雄！」

她一邊說，一邊朝我和風雪騎士眨了眨眼。

我不禁笑了，風雪騎士卻刷地一下紅了臉，簡直和辣椒一樣紅呢。他結巴道：「我，我……」

花迪露公主繼續說道：「我的故事就是這麼簡單。是不是內容太少？誰知道呢！說不定下次我們還會見面，到時候也許我能跟你說說一些新鮮事……也許那時我已經找到了我的家人！」

風雪騎士立刻湊到她身邊說：「不用害怕，花迪露公主，我會幫助你……」

公主的目光卻冷淡下來：「什麼？我可不需要任何騎士的幫助！」

風雪騎士連忙說道：「你當然不需要幫助。可是多一個朋友，再多一條吉紫龍，總沒有壞處嘛！這樣你就可以騰雲駕霧了。真的不用考慮一下？你將會是第一位騎上巨龍的公主鬥士喔！」

吉紫龍也在一旁應和：「啊，是是是！」

花迪露公主笑了：「這麼說來，這個提議好像很有意思……我可以考慮考慮……」

這時，風雪騎士突然在她面前單膝跪地，對她說道：「花迪露公主，我的至愛，你願意永遠留在

　　就在這時，索菲娜插話了，還是平時那副自以為博學的模樣：「兩位這麼聰明都無法回答這些問題，那現在就該輪到貓頭鷹了，我是說，該輪到我上場了。你們既不知道這裏和圖書館之間的距離，也不知道吉紫龍的飛行速度，更不用提這場任務的風險，還有……」

　　我和弗洛異口同聲地大喊道：「夠啦啦啦！如果你知道，只需要告訴我們答案就好！」

　　索菲娜調整了下眼鏡的位置，又抬起了左邊的眉毛，揮起了右邊的翅膀，讓我們安靜：「好吧，這就是答案！」

　　只見她全神貫注，斷斷續續地說道：「嗯……讓我算算吉紫龍的體形。腦袋到尾巴總長 30 腕尺，翼展 15 腕尺，平均飛行速度每分鐘 4.8 公里，假設逆風而行，還載有三名乘客，一隻中等體形的老鼠、一隻雪貂和一隻極輕的貓頭鷹，所以……啊，最關鍵的是從這裏到圖書館共 57 公里……所以一共

需要約 14分鐘，而日落是在 16 分 34 秒之後……」

我立刻抓到了重點：「總之，如果我們立刻出發，就能趕在日落前到達，就能**完成任務！**」

索菲娜點頭表示同意，神情莊重：「完全正確！」

弗洛大喊：「那還等什麼？」

只是一顛鬍鬚的功夫，他就已經跑去召喚吉紮龍了。

只見弗洛一邊手舞足蹈，一邊像風雪騎士解釋狀況……

風雪騎士用力點了點頭，然後湊到吉紮龍耳邊小聲說了什麼……

巨龍立刻用那雙特別的眼睛看向我，還展開嘴唇，露出奇異的笑容。與其說是微笑，還不如說是**冷笑**。我嚇得渾身亂顫。

誰知道這一回，吉紫龍會不會又在 3,000 米的高度試着把我**甩下來**！

呃，一會兒應該就能知道答案了吧。此時，吉紫龍已經來到了我身邊。

我輕輕撫摸着牠，喃喃說道：「你準備好了嗎？」

巨龍只說：**「啊，是是是！」**

我又轉向風雪騎士：「你覺得要駕馭牠到底容不容易？」

騎士聳了聳肩：「我跟你說過吧？所有吉紫龍的內心都像孩子。有時候牠們會有些**調皮**，但我覺得，牠很喜歡你。至少我希望是這樣！」

我滿懷希望地看向吉紫龍，牠發出了聲音：「嘖！」

這可不是一個好兆頭呀！

就在這時，賴皮突然舉着一堆香噴噴的薄餅跑了過來，像擲飛碟那樣將它們一塊塊送進了吉紮龍的嘴裏。「英雄表哥，這交給我就行！」

「嘖嘖嘖！」

頃刻之間，吉紮龍已吞下了所有薄餅。此時，牠慢慢轉向我，睜大了火焰般的雙眼，俯身，邀請我坐到牠的背上。就這樣，我緊緊捧着金色書本，和弗洛還有索菲娜一起，登上了這架「巨龍飛機」。

我對伙伴們說道：「你們放心吧！我們一定會平安到達。牠不會讓我們摔下去的。」

會飛的薄餅來也！

弗洛聳了聳肩，不以為然：「我們才不擔心。索菲娜會飛，至於我嘛，毫無誇張地説，輕得就像

羽毛。就算你掉下去，我也不會有事，大笨蛋！」

「啊，」我喃喃説道，「那我就放心了。」

弗洛又繼續説道：「我要坐尾巴哪兒，這樣路上我就可以好好**睡上一覺**！」

索菲娜又説：「我要坐耳朵後面，這樣我就可以控制方向，確保飛行向不會偏離！」

看來我已別無選擇，只好坐到中間的位置。

我剛一坐下並抓緊着吉紫龍，牠就積聚起渾身力量，像狂風一般衝了出去。接着，牠張開巨大的翅膀，飛起到了空中！

我不禁向下望去，發現我們正飛越妙鼠城上空！我太熟悉這裏的每個角落了。一幢幢樓房奇跡般地變成了一個個保險箱⋯⋯我一眼就認出了會唱歌的石頭廣場⋯⋯

暴龍還在那兒，不過幸好，此刻牠正沉浸在夢鄉中，打着呼嚕！接着，我們又飛過火車站⋯⋯它已變成了一座中世紀的城堡，還有好多的**慶祝活動**正在舉行！

在途中，有兩尊石頭做的滴水獸與我們相伴而行，直奔整座城市最高的大樓而去——《鼠民公報》編輯部！我這才發現，大樓裏長出了一株**攀援植物**，葉子閃閃發光。透過敞開的窗戶，我隱約看見我的同事們正聚精會神，伏案工作。啊，我是多麼為他們感到驕傲！

　　咕吱吱，我以為我們飛了很久，但其實，才過了……十四分鐘！

　　吉紫龍在雲上滑翔而過。就在那一刻，太陽沉入了地平線……

　　在我們下方的，正是

夢幻圖書館！

她還沒把話説完，就聽見一把**聲音**叫道：「大笨蛋小老鼠，快接招，等着被鉛化！

看你往哪裏逃！

就讓我來告訴你如何解除咒語！」

我的臉色刷地變得慘白，失聲叫道：「攫心巫！」

只見這名邪惡的巫師正騎着**鉛火龍**，全速朝我們衝過來。

我差點把他給忘了呢……那兩個貓女巫説得沒錯：我們無法徹底將他**打敗**。此刻，他已捲土重來！

等着瞧吧，可惡的老鼠！

在他身旁，還有利嘴鴉和水銀喵⋯⋯

因為害怕，我的鬍鬚也亂顫起來，不禁對着尖叫起來：「我以一千塊莫澤雷勒乳酪的名義發誓，大戰一觸即發！我們遇上大麻煩了啦！」

吉紫龍將牠碩大的腦袋轉向我，只發出一記：

「嗝！」

片刻之後，吉紫龍連翻了三個筋斗，再朝後退了一步，接着便鉛火龍猛衝過去。索菲娜激動地大喊：「**雙龍對決** 即將開始！全體準備！」

我不禁喃喃說道：「我的女皇⋯⋯難道你一直都在這兒？你就是⋯⋯圖書館？」

對方向我露出了甜美的微笑，說話的聲音更是久久迴盪：「沒錯，奇幻英雄。我能變形，之所以變成圖書館，是因為這樣能夠更好抵禦攝心巫的邪惡巫術。」

說完，她便將目光轉向了敵人。

此時，鉛火龍已經有些頭暈轉向。牠繞到了女皇身邊，因為攝心巫想要發動攻擊：「鉛化光芒！」

女皇隨即用她的金羽毛筆擋回了那道光線，然後說道：「攝心巫，還不快快投降？奇幻英雄已經解除了你的咒語，讓我重獲力量，並變得更加強大。這就是奇幻力量的妙處，無邊無際。快投降吧，你已無計可施。」

只見她揮了揮手，鉛火龍和攝心巫就被拂去了天邊。只聽巨龍發出一陣絕望的咆哮：

「嗷嗷嗷嗷嗷！」

摧心巫的手下自然也沒什麼好下場。剛才的那一陣旋風將**利嘴鴉**和水銀喵捲到了我、吉紫龍和其他伙伴身邊。

索菲娜大喊：「卑鄙的傢伙，想不到吧，自己也有今天的下場！」

弗洛一個箭步，抓起他的

奇幻吸塵器，不消片刻功夫就將他們都吸了進去！

這時他才喊道：「收拾你們了！我早該想到的！」

奇幻吸塵器！

此時的我已經嚇得臉色慘白。

隨後，我長舒了口氣，望向遠方，尋找着摧心巫和鉛火龍。我以一千塊莫澤雷勒乳酪的名義發誓，為什麼他們不見了呢？難道他們已經逃到了**很遠很遠很遠**的地方？

哎呀呀，不是呢！我看見他們了！到了這個地步，摧心巫居然還不肯投降！

只見他手握**鉛尺**，對着創意女皇射出鉛化光芒。此時，創意女皇正背對着他，對於即將到來的危險，渾然不知。

我毫不遲疑飛奔而去，想要攔截他的進攻。

「只要有我在，你休想傷害**創意女皇**！」

看着那道光芒直奔我而來，我閉上了雙眼……沒想到，它擊中的，居然是一直默默躺在我口袋裏的**金色圖書卡**！就這樣，光線被反彈了回去，不偏不倚，擊中了摧心巫自己。

休想傷害創意女皇！

頃刻之間，
他已和巨龍變成了
鉛雕像。

這就叫自食其果！

要不是*創意女皇*敏
捷伸手，接住了雕像，恐怕
它會重重摔碎在廣場上⋯⋯

只見她輕輕將雕像放在了廣場
中央。以後如果還有誰想置奇幻想像於危險之
中，這就是最好的警示！

弗洛和索菲娜齊聲歡呼：

「勝利啦啦啦！」

而我，也終於長舒了口氣。

這下我總算能好好放鬆放鬆啦！

沒錯，奇幻想像的力量贏得了勝利。此刻，就連吉紫龍也滑翔到了**千篇故事廣場**，在班哲文和翠兒身邊躺了下來。

奇鼠歷險記15

勇者的文字魔法
IMAGINARIA

作　　者：Geronimo Stilton　謝利連摩·史提頓
譯　　者：陸辛耘
責任編輯：胡頌茵
中文版封面設計：李成宇
中文版內文設計：劉蔚
出　　版：新雅文化事業有限公司
　　　　　香港英皇道499號北角工業大廈18樓
　　　　　電話：(852) 2138 7998
　　　　　傳真：(852) 2597 4003
　　　　　網址：http://www.sunya.com.hk
　　　　　電郵：marketing@sunya.com.hk
發　　行：香港聯合書刊物流有限公司
　　　　　香港荃灣德士古道220-248號荃灣工業中心16樓
　　　　　電話：(852) 2150 2100　傳真：(852) 2407 3062
　　　　　電郵：info@suplogistics.com.hk
印　　刷：C & C Offset Printing Co., Ltd.
　　　　　香港新界大埔汀麗路36號
版　　次：二〇二二年七月初版

Cover by: Antonio De Luca, Silvia Bigolin
Graphic designer: Pietro Piscitelli / theWorldofDOT
Story illustrations: Carla Debernardi, Silvia Bigolin
Artistic coordination by Lara Martinelli
Artistic assistance by Andrea Alba Benelle
Graphic project by Daria Colombo
Layout by Federica Fontana

ISBN: 978-962-08-8042-1
© 2021- Mondadori Libri S.p.A. for PIEMME, Italia
International Right © Atlantyca S.p.A. Italy
Traditional Chinese Edition © 2022 Sun Ya Publications (HK) Ltd.
18/F, North Point Industrial Building, 499 King's Road, Hong Kong
Published in Hong Kong, China
Printed in China

奇鼠歷險記

①漫遊夢想國

②追尋幸福之旅

③尋找失蹤的皇后

④龍族的騎士

⑤仙女歌雅不見了

⑥深海水晶騎士

⑦追尋夢想國珍寶

⑧女巫的時間魔咒

⑨水晶宮的魔法寶物

⑩勇戰飛天海盜

⑪光明守護者傳說

⑫巨龍潭傳說

⑬水晶宮保衛戰

⑭巨灰魔的詛咒

⑮勇者的文字魔法

勇士回歸(大長篇1)

失落的魔戒(大長篇2)